手帖

南朝歲月

蔣勳

代序

蓴菜鱸魚

虱目魚腸

——小吃，比大餐深刻，留在身體裡，變成揮之不去的記憶，是可以讓人連官都不想做的。做大官，常常就少了小吃的緣分。

剛從上海回來，想念起台南赤崁的虱目魚腸。

如果在台南過夜，通常一大早會到赤崁樓後面一家小店吃最新鮮的虱目魚腸。魚腸容易腥，稍不新鮮，就難入口。因此一大早，五、六點鐘，剛撈上來鮮活的虱目魚，才能吃魚腸。新剖的魚腸，經沸水一氽，即刻撈起，稍沾鹽醬，入口滑膩幼嫩，像清晨高山森林的空氣，潮潤有活潑氣味，吃過一次，就成為身體裡忘不掉的記憶。

唐代歐陽詢的《張翰帖》裡說到大家熟悉的一個人「張翰」——「因見秋風起，乃思吳中菰菜鱸魚，遂命駕而歸」。張翰當時在北方作官，因為秋天，秋風吹起，想起南方故鄉的鱸魚蓴菜羹，因此辭了官職，回到了南方。

因為故鄉小吃，連官也不做了，張翰的掙扎比較大，我慶幸自己可以隨時去台南吃虱目魚腸。

「鱸魚蓴菜」因為張翰這一段故事成為文化符號，一千多年來，文人做官，一不開心就賦詩高唱「蓴菜鱸魚」。

辛棄疾的句子大家很熟：「休說鱸魚堪膾，盡西風，季鷹歸未？」

季鷹是張翰的字，他幾乎變成漢文學裡退隱的共同救贖了。然而，私下裡，我寧願相信那一個秋天，張翰突然辭官回家，真的是因為太想念故鄉的小吃。

小吃，比大餐深刻，留在身體裡，變成揮之不去的記憶，是可以讓人連官都不想做的。做大官，常常就少了小吃的緣分。

張翰

——他們的故事留在《世說新語》中，與南朝文人跌宕自負的「手帖」，一同成為江南美麗又感傷的風景。

張翰出身吳地望族，他的父親張儼做過吳國的大鴻臚。吳國滅亡，江南許多舊

「因見秋風起，乃思吳中菰菜鱸魚」

歐陽詢《張翰帖》

也稱《季鷹帖》

行楷。

紙本，唐人鉤填本，

縱廿五．一釐米，

橫卅一．七釐米。

共十一行，九十八字。

現存藏於台北故宮博物院。

《張翰帖》原屬「史事帖」，是歐陽詢僅存世四件墨跡之一，十分珍貴。此帖字體修長，筆力勁峻，精神外露，允為歐陽詢晚年力作。

歐陽詢（西元五五七～六四一年），字信本，潭州臨湘（今湖南長沙）人，隋時官太常博士，唐貞觀初，封太子率更令，世稱「歐陽率更」。詢初學二王，不囿於一家，與同代虞世南、褚遂良、薛稷並稱「初唐四家」，詢楷書法度嚴謹，筆力險峻，世無所匹，此「歐體」被稱為唐人楷書第一。年八十五。常見歐書碑刻有《九成宮醴泉銘》、《虞恭公碑》、《皇甫誕碑》、《化度寺塔銘》等。

朝的士紳期望跟新的西晉政權合作，紛紛北上求官，其中包含了陸機、陸雲、顧榮、賀循、張翰。他們的時代比王羲之稍早，他們的故事卻一一都成為後來南朝王羲之那一代文人的深刻心事。他們的故事留在《世說新語》中，與南朝文人跌宕自負的「手帖」，一同成為江南美麗又感傷的風景。

我喜歡《世說新語》裡三段有關張翰的故事——

第一段是吳國滅亡不久，南方士族的賀循應西晉新政權徵召，北上洛陽擔任新職。賀循是浙江紹興人，北上時經過吳的金閶門，在船上偶然聽到極清亮的琴聲，賀循因此下船，認識了張翰，成為好朋友。

張翰問賀循：「要往哪裡去？」賀循說：「去洛陽擔任新職，路過這裡。」張翰說：「吾亦有事北京。」當時南方人都把北方新政權的京城稱為「北京」。

張翰因此即刻搭了賀循的船一起去了京城，連家裡親人也沒有通知。

這一段故事收在《世說・任誕》一章，似乎是認為張翰跟賀循才初見面就上船走了，連家人也不通知，行為是有些放任怪誕吧。

張翰行為的放任怪誕更表現在他的第二段故事裡。

張翰，字季鷹，西晉吳郡（今蘇州）人，富才情，為人舒放不羈，曠達縱酒，時人以魏「竹林七賢」中的阮籍喻之，稱其為「江東步兵」。著有〈首丘賦〉，餘皆失傳。得年五十七。

蓴菜羹、鱸魚膾

——張翰的三段故事都像「手帖」，一帖一帖都是南朝歲月的美麗故事。

《世說・識鑒》一章記錄了張翰秋天想念家鄉小吃的故事。

當時北上的張翰已經在齊王司馬冏的幕府裡做幕僚，齊王位高權重，野心勃勃，正在權力鬥爭的核心。那一個秋天，張翰忽然「見秋風起，因思吳中菰菜羹、鱸魚膾」，感嘆地說：人生貴得適意爾，何能羈宦數千里以要名爵！

人要活得開心，如何為了權力財富跑到幾千里外被官職綁住！

張翰因此回家鄉了，《世說》把這一段故事放在〈識鑒〉，因為司馬冏不多久兵敗被殺，張翰逃過篡逆同黨一劫。

《世說》這一段故事並不完全，《晉書・文苑》有張翰的傳，也正是歐陽詢《張翰帖》抄錄的文本。

當時張翰跟同樣來自吳國的同鄉顧榮說：「天下紛紜，禍難未已。夫有四海之名者，求退良難。吾本山林間人，無望於時。子善以明防前，以智慮後。」

《晉書・張翰傳》說得明白，天下紛亂，災禍接連不斷，有名望在外的這些吳國舊士紳一定是新政權籠絡的對象，張翰用了四個字「求退良難」，退都退不了，退不好也是要獲罪遭難的。「求退良難」令人深思。

〈文苑傳〉裡的句子，歐陽詢《張翰帖》也有脫漏。張翰要顧榮小心，要多防備政治鬥爭的可怕。顧榮很感嘆，握著張翰的手——「榮執其手，愴然曰：吾亦與子採南山蕨，飲三江水耳。」

顧榮後來並沒有福氣跟張翰一起退隱，沒有福氣「採南山蕨，飲三江水」。

過不多久，西晉政權因為權力鬥爭，分崩離析，永嘉之亂（三一一年），顧榮回到南方，結合南方吳地士紳豪族，輔佐晉元帝司馬昱在南京建立東晉政權，那時候王羲之大概十歲左右，隨家人逃難南遷。

顧榮與王羲之的伯父王導是穩定南方政權最關鍵的人物，顧榮這些南方舊士族，在北方做官，膽戰心驚，小心翼翼，在政權鬥爭夾縫裡求生存，飽受委屈。一旦西晉滅亡，王室南遷，晉元帝也要靠這些士族支持才能穩定朝政。

《世說》裡有一段故事是耐人尋味的——

「元帝始過江」，晉元帝剛在南京稱帝，感慨地對輔佐他的顧榮說：「寄人國土，心常懷慚」。剛移民到南方的「外省人」皇帝司馬昱覺得是「寄人國土」，心裡老是懷著慚愧不安。

元帝的話也許是一種試探，顧榮歷經朝代興亡，在政權起落中打滾，他的反應是有趣的，他即刻跪下，向元帝說：臣聞王者以天下為家……

顧榮講了一番漂亮的話，安定元帝的疑慮，他的這一段故事被放在〈言語〉一章，《世說》認為顧榮言語敏捷得體，我想其實是吳地舊臣長久養成的一種圓融的生存本能吧。

這個顧榮後來壽終正寢，元帝親自弔唁，備極哀榮，《世說》有關張翰的第三個故事正是發生在顧榮喪禮上。

顧榮生平好琴，喪禮靈床，家人放了他平日常用的琴。張翰前往祭弔，直上靈床鼓琴。彈了幾曲，撫摸著琴說：「顧榮啊，還能聽見琴聲嗎？」大哭，也不問候家屬就走了。

張翰的三段故事都像「手帖」，一帖一帖都是南朝歲月的美麗故事。

手帖

——這本書講「手帖」，講一些遙遠的南朝故事，
但是，我總覺得是在講自己的時代，講我身體裡忘不掉的的記憶。

魏晉時期，「手帖」是文人之間往來的書信，最初並沒有一定具備作為書法範本的功能。

因為王羲之手帖書信裡字體的漂亮，在他去世後三百年間，這些簡短隨意的手帖逐漸被保存珍藏，裝裱成冊頁卷軸，轉變成練習書寫、欣賞書法的範本，「帖」的內涵才從「書信」擴大為習字的書法範本。

特別是到了唐太宗時代，因為對王羲之書帖的愛好收藏，以中央皇室的力量，搜求南朝文人手帖。把原來散亂各自獨立的手帖編輯在一起，刻石摹搨，廣為流傳，使王羲之和許多南朝手帖，因此成為廣大民眾學習書寫的漢字美學典範，產生《十七帖》一類官方敕定的手帖總集版本，也促使「帖」這一個辭彙有了確定書法楷模的意義。

因為「手帖」意義的改變，原來南朝文人書信的特質消失了。唐代的名帖，像歐陽詢的《夢奠帖》、《卜商帖》、《張翰帖》，都已經不是書信性質的文

體，連字體也更傾向端正謹嚴的楷書，魏晉文人行草書法手帖的爛漫瀟脫自在都已不復再見。

歐陽詢的書法大家熟悉的多是他的碑拓本，像《九成宮》、《化度寺碑》，已經成為漢字文化圈習字的基礎範本，也都是楷書。

歐陽詢名作，收藏在北京故宮的《張翰帖》、《卜商帖》和遼寧博物館的《夢奠帖》，其中或有雙勾填墨的摹本，但年代都非常早，不會晚過宋代，摹搨很精。

《張翰帖》近年北京故宮展出過，卷尾還有宋徽宗趙佶瘦金體的題跋。

王羲之字體的行草風格與他書寫的內容有關，因為是寫給朋友的短柬、便條，所以率性隨意，「行」「草」說的是字體，其實也是說一種書信體的自由。

《張翰帖》不是書信，是從《晉書．文苑傳》的張翰傳記中抄錄的文字，是嚴肅性的史傳，因此歐陽詢的用筆端正嚴格到有些拘謹，已經不是南朝美學的從容自由了。

《張翰帖》一開始介紹張翰「善屬文，縱任不拘」文學好，為人任性不受拘束。下面就是與顧榮的對話，結尾兩行是最美的句子「因見秋風起，乃思吳中菰菜鱸魚，遂命駕而歸……」一向端正嚴肅的歐陽詢，似乎寫到這樣的句子，也禁不住筆法飛動飄逸了起來。

宋徽宗曾經評論《張翰帖》，「筆法險勁，猛銳長驅」。高宗也曾經評判過歐陽詢的書法「晚年筆力益剛勁，有執法廷爭之風。孤峰崛起，四面削成……」「猛銳長驅」、「四面削成」、「險勁」、「剛勁」都可以在《張翰帖》的用筆看出。

特意從《晉書．張翰傳》裡抄出這一段文字，歐陽詢與許多初唐文人一樣，流露著對南朝手帖時代風流人物的崇敬與嚮往。然而，南朝畢竟過去了，美麗故事裡人物的灑脫自在隨大江東去，只有殘破漫漶的手帖紙帛上留著一點若有若無的記憶。

後代的人一次一次臨摹王羲之南朝手帖，其實不完全是為了書法，而是紀念著南方歲月，紀念著一個時代曾經活出自我的人物，懷念著他們在秋風裡想起的故鄉小吃吧。

每到江南，秋風吹起，也會想嘗一嘗滑潤的蓴菜羹，切得很細的鱸魚膾，但是都比不上在台南赤崁清晨的虱目魚腸。

收在這本書裡的許多篇章在講「手帖」，在講一些遙遠的南朝故事，但是，我總覺得是在講自己的時代，講我身體裡忘不掉的虱目魚腸的記憶。

也許哪一個秋天，可以磨墨寫一封信告訴朋友：清晨台南赤崁食虱目魚腸，美味難忘。

初安民兄誠摯豪氣，有俠士風，他創立《印刻》文學雜誌，我心中時時記念著要為他寫一輯「南朝故事」。拖延數年，安民不以為忤。改日相約，一起去赤崁嘗一次虱目魚腸。

二〇一〇年五月廿四日八里 蔣勳記事

目次

一個家族，在這樣的亂世，仍然相信手寫的墨跡斑斑可以傳遞美的生命信念，彷彿是在為「美」作最後的見證。

●美，通過朝代興亡　●王獻之《廿九帖》　●王慈、王志

第三輯　十七帖

第一輯

平復帖

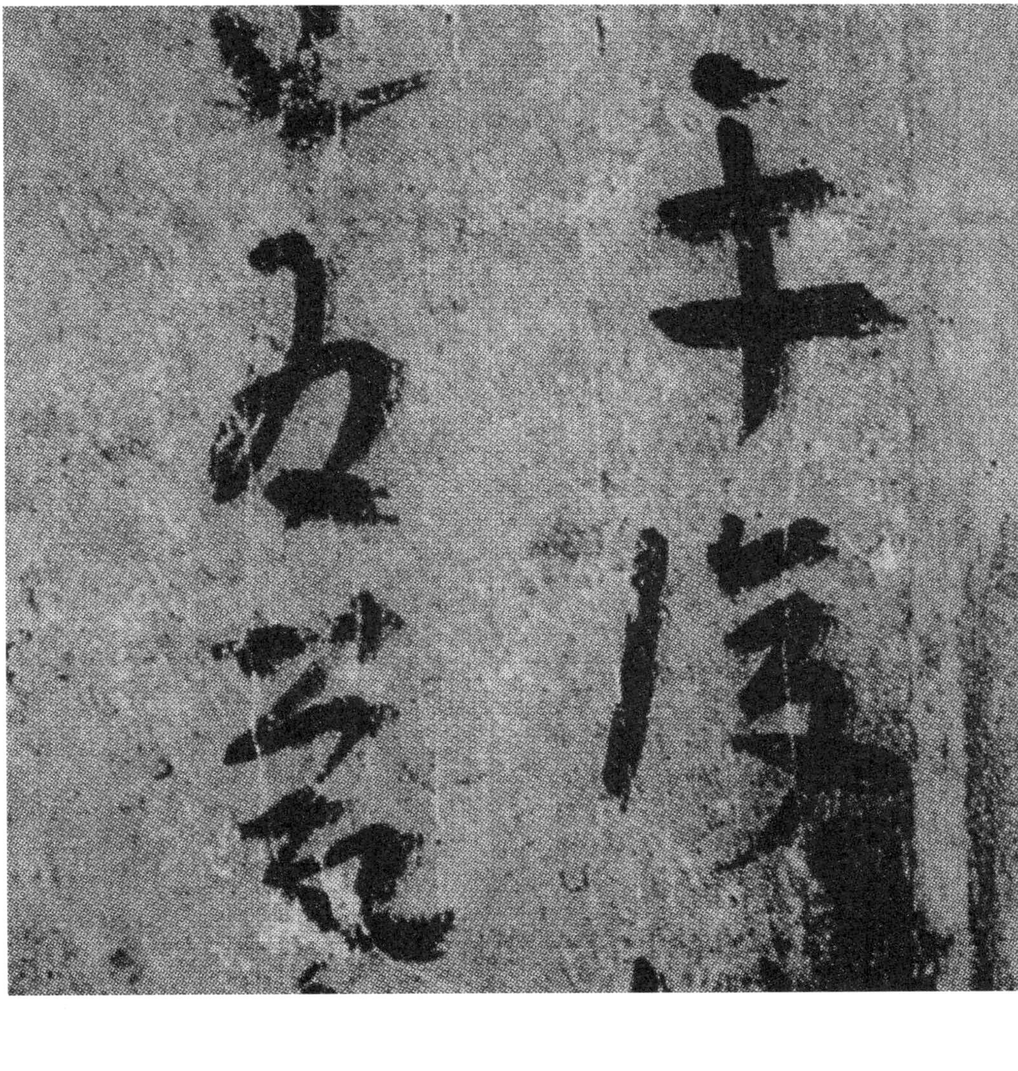

火箸畫灰——《平復帖》種種

細看那一張殘紙上墨痕斑剝，禿筆，沒有婉轉纖細的牽絲出鋒，沒有東晉王羲之書法的華麗秀美、飄逸神俊的璀璨光彩。但是《平復帖》頑強勁歛，有一種生命在劇痛中的糾纏扭曲，都是蒼苦荒涼的記憶。

《平復帖》大概是這幾年在古文物領域被討論得最多的一件作品。

《平復帖》唐代就收入內府，宋代被定為是西晉陸機的真跡。北宋大書法家米芾曾經看過，用「火箸畫灰」四個字形容《平復帖》禿筆賊豪線條的蒼勁枯澀之美。宋徽宗有朱書題簽，「晉平原內史陸機士衡平復帖」，題簽下有雙龍小璽，四角有「政和」、「宣龢」的押印。

《平復帖》在元代的收藏經過不十分清楚。明清時代曾經韓世能、韓逢禧父子、安儀周、梁清標等人收藏，綾邊隔水上都有收藏印記。董其昌在韓世能家看過，也留下跋尾的題識。

乾隆年間收入內府，後賜給皇十一子成親王永瑆。清末再轉入恭王府，流傳到溥心畬手上，隔水上也有「溥心畬鑑定書畫珍藏印」。溥心畬為了籌親人喪葬費，

「彥先羸瘵、恐難平復」

平復帖

紙本手卷。縱廿三・七公分，橫二十・六公分。現存藏於北京故宮博物院。為西晉陸機所作私人信函；咸信為現存最早的中國古人書法真跡，在書法史上有其重要地位，對研究文字和書法變遷也極富參考價值。

該帖字形介於章草和今草之間，兼有隸書筆意，以禿筆寫於麻紙之上，共九行八十六字，全文如下：

彥先羸瘵、恐難平復。往屬初病、慮不止此、此已為慶、承使唯男、幸乃復失前憂耳。吳子楊往初來主、吾不能盡。臨西復來、威儀詳跱、舉動成觀、自軀體之美也。思識□愛之邁前、勢所恆有、宜□稱之。夏伯榮寇亂之際、聞問不悉。

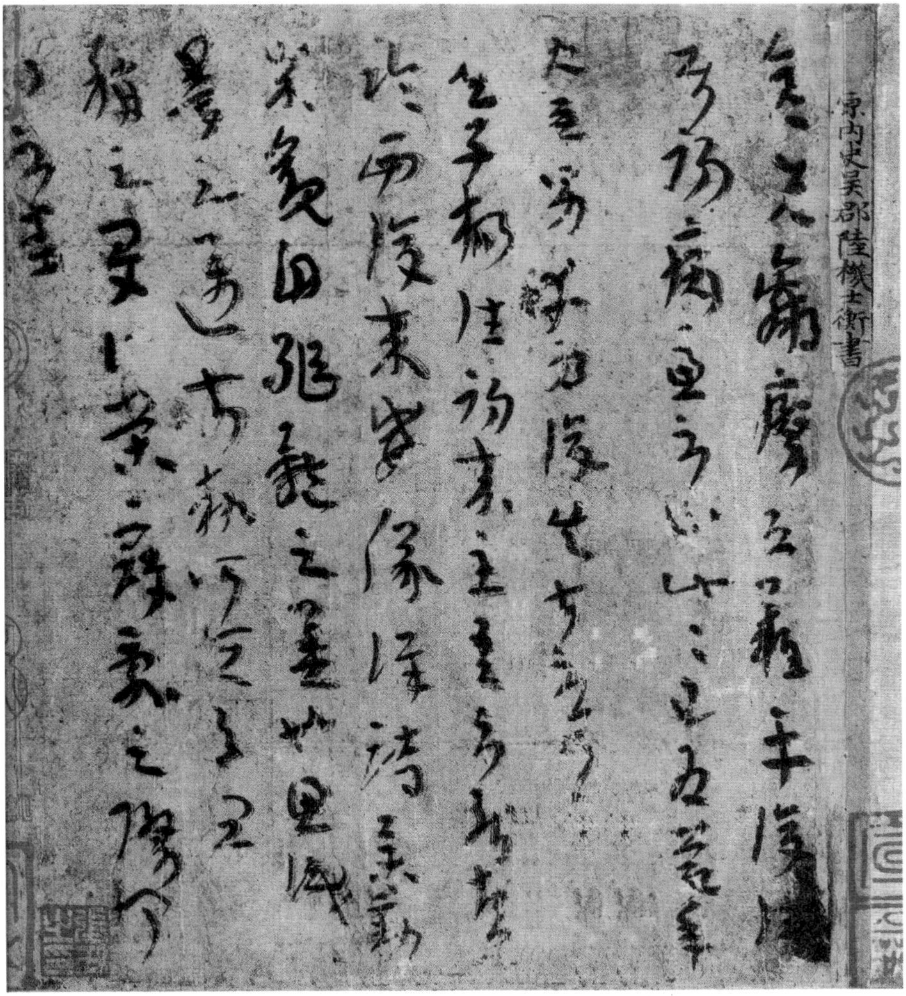

轉手賣給張伯駒，一九五六年，張伯駒把《平復帖》捐出，收藏於北京故宮。

啟功先生釋文

——一千年來定為陸機作品的《平復帖》似又重新需要釐清真正的作者，或重新定位為晉代某一佚名文人的手跡了？

《平復帖》是漢代章草向晉代今草過渡的字體，古奧難懂，加上年久斑剝，字跡漫漶，很不容易辨認。啟功先生在六〇年代釋讀了《平復帖》，雖然還有不同的看法，但目前已成為流傳最廣泛的釋文：

彥先羸瘵，恐難平復。往屬初病，慮不止此，此以為慶。

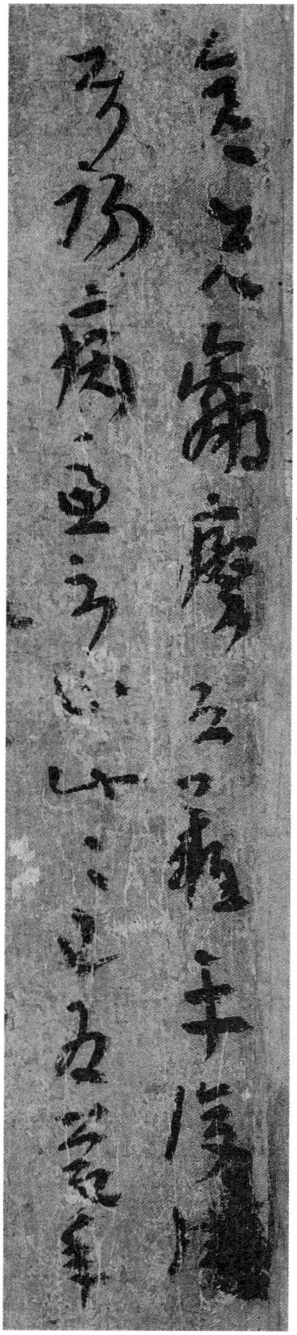

《平復帖》開頭一段釋讀比較沒有歧異。大概是說：「彥先」身體衰弱生病，恐怕很難痊癒。初得病時，沒有想到會病到這麼嚴重。

「彥先」是信上提到的一個人，自宋以來，也因為這兩個字，引出了陸機與《平復帖》的關係，因為陸機有好朋友名叫「彥先」。

麻煩的是，陸機親近的朋友中有兩個都叫「彥先」，一個是顧榮，顧彥先；另一個是賀循，賀彥先，都是同樣出身吳國士族，又同時與陸機在西晉做官的朋友。

其實繼續探索下去，陸機的朋友中可能還不只兩個「彥先」。徐邦達先生就認為《平復帖》裡的「彥先」是另一個叫「全彥先」的人。這一點早在《昭明文選．李善注》裡就已經提到。《文選》裡有陸機、陸雲兄弟為「彥先」寫的〈贈婦詩〉，〈李善注〉指出這個「彥先」不是顧榮顧彥先，而是全彥先。

三個「彥先」使探索《平復帖》的線索更為複雜，各家說法不一，一時沒有定論，這幾年隨著《平復帖》二〇〇三年在北京展出，二〇〇五年在上海展出，討論的人更多。有人根本否定《平復帖》是陸機所書，大概也以為依據信裡「彥先」兩個字，斷定《平復帖》是陸機真跡，而「彥先」此人是哪一個「彥先」還不清楚，寧可存疑。

但是各派說法都同意《平復帖》是西晉人墨書真跡，的確比王羲之傳世摹本更具斷代上的重要性。《平復帖》還是穩坐「墨皇」「帖祖」的位置。

啟功先生對《平復帖》的釋讀目前是最廣泛被接受的。他解讀的「彥先羸瘵，恐難平復」，——因為彥先病重，身體衰弱，正與《晉書．賀循傳》裡描述的「賀彥先」的身體多病衰弱相似，也自然會使人把彥先定為賀循。

但是《平復帖》裡的「彥先」，依據這麼一點點聯繫，就斷為「賀循」，當然還會使很多人迷惑。而因此連接上陸機，也一定會讓更多人對《平復帖》的真相繼續討論下去。二〇〇六年五月的《中國書法》期刊甚至有人提出——晉代讀書人為表示「榮耀祖先」，不少人都取名「彥先」，「彥先」是晉代文人非常普遍的名字。如果此說成立，《平復帖》上的「彥先」就不一定是顧榮或賀循，因此也不一定是陸機的朋友，一千年來定為陸機作品的《平復帖》又重新需要釐清真正的作者，或重新定位為晉代某一佚名文人的手跡了。

陸機

陸機（公元二六一～三〇三年），字士衡，吳郡華亭人（今上海松江），西晉文學家，與弟陸雲合稱「二陸」。曾歷任平原內史（漢置平原郡轄十九縣，晉為平原國，諸侯國不設丞相而設內史負責政務）、祭酒、著作郎等職，世稱「陸平原」；死於八王之亂，遭夷三族。

陸機出身吳中名門，祖父陸遜為三國名將，曾任東吳丞相；父陸抗曾任東吳大司馬，領兵與晉羊祜對抗。陸機二十歲時吳亡，與陸雲隱退故里，十年閉門勤學。二陸初至晉京洛陽時，談吐有吳音，頗受時人嘲弄；後名重一時，有「二陸入洛，三張減價」之說（三張指張載、張協和張亢）。

陸機被譽為「太康之英」。詩作流傳共一百〇四首，多為樂府和擬古詩。代表作有〈猛虎行〉、〈君子行〉、〈長安有狹邪行〉、〈赴洛道中作〉等。賦存廿七篇，較出色者有〈歎逝賦〉，〈漏刻賦〉等。散文知名者如〈辨亡論〉、〈弔魏武帝文〉。其文音律諧美，工對偶、典故，開創了駢文的先河。文學理論方面，著作〈文賦〉，除創作論述外，

「佚名」書畫

——作為西晉人的墨跡是目前比較確定的結論，至少有了時代的斷代意義。

中國的書畫收藏一直習慣把作品歸類在名家之下。唐宋以前不落款的書畫，陸續被冠上名家的名字。許多幅山水冠上了「范寬」、「郭熙」；許多幅馬，被冠上了「韓幹」；許多幅仕女被冠上了「張萱」、「周昉」。當然，許多「帖」，就冠上了「王羲之」、「王獻之」。

沒有名家名字，似乎就失去了價值，使書畫的討論陷入盲點。連博物館的收藏都不能還原「不知名」、「佚名」、「摹本」的標識，其實使大眾一開始就誤認了風格，書畫的鑑賞可能就越走越遠離真相。

許多人知道長期題簽標誌為王獻之的名作《中秋帖》，其實是宋代米芾的臨摹本，大家也習以為常把宋米芾的書法風格混淆成王獻之，相差六百年的美學書風也因此越來越難以釐清。

《平復帖》是不是陸機的作品尚在爭論中，但是作為西晉人的墨跡是比較確定的結論，至少有了時代的斷代意義。

提出了「詩緣情」之說，開啟了中國文學「詩言志」一脈說法。

陸機另有史學著作包括《晉紀》四卷、《洛陽記》一卷，以及未成的《吳書》等。南宋徐民臆發現遺文十卷，與陸雲集合輯為《晉二俊文集》。明朝張溥《漢魏六朝百三家集》中輯有《陸平原集》。

劉勰《文心雕龍．才略篇》評其詩云：「陸機才欲窺深，辭務索廣，故思能入巧，而不制繁。」明．張溥贊曰：「北海（孔融）以後，一人而已。」

右軍之前，元常之後

明代大鑑賞家董其昌在《平復帖》的跋裡說：「右軍以前，元常以後，為此數行，為希代寶。」「右軍」是王羲之，東晉大書法家；「元常」是鍾繇，是三國魏的大書法家。董其昌的斷代很清楚，認為在三國和東晉之間，就這麼幾行字跡，代表了西晉書風，讚美為「希世之寶」。

其實以近代更精準的說法來看，不僅鍾繇的名作《宣示表》不是三國原作，連王羲之傳世墨蹟也都是唐以後的臨摹，要瞭解晉人墨跡原作的書風，《平復帖》就顯得加倍珍貴了。

讀帖

——「帖」中原始字句的曖昧迷離、若即若離，構成讀「帖」時奇特的一種魅惑力量。

一整個夏天我在案上擺著《平復帖》，每天讀「帖」數次。

讀「帖」不是臨摹。「臨」「摹」都是為了書法的目的，把前人名家的字跡拿來做學習對象。

我喜歡讀「帖」一方面是因為書法，另一方面可能是因為「文體」。「帖」大多是魏晉文人的書信。在三國時，鍾繇的《宣示表》、《薦季直表》大多還有「文告」、「奏章」的意義。

《平復帖》以下，「帖」越來越界定成為一種文人間往來的書信。王羲之的《姨母帖》是信，《喪亂帖》是信，寥寥廿八個字的《快雪時晴帖》也是信，十五個字的《奉橘帖》更是送橘子給朋友附帶的一則短訊便條。

這些書信便條，因為書法之美，流傳了下來，成為後世臨摹寫字的「帖」。然而，「帖」顯然也成為一種「文體」。

書信是有書寫對象的，並不預期被其他人閱讀，也不預期被公開。因此「帖」的文體保有一定的私密性與隨意性。

王羲之的「帖」常常重複出現「奈何奈何」的慨歎，重複出現「不次」這種突然因為情緒波動哽咽停住的「斷章」文體。在《古文觀止》一類正經八百的文類裡看不到「帖」這麼「私密」、「隨性」卻又極為貼近「真實」、「率性」

的文體。

「帖」是魏晉文人沒有修飾過的生活日記細節，「帖」不是正襟危坐裝腔作勢的朝堂告令，文人從「文以載道」解脫出來，給最親密的朋友寫自己最深的私密心事，因此，書法隨意，文體也隨意。

因為書信的「私密性」，「帖」的文字也常在可解與不可解之間。我們如果看他人簡訊，常常無法判斷那幾行字傳達的意思，每個字都懂，但談的事情卻不一定能掌握。

《平復帖》當然有同樣的文體限制。

「彥先羸瘵，恐難平復。往屬初病，慮不止此，此以為慶。」啟功的釋文到這裡都沒有爭議，但是下面一句——「承使唯男」，繆關富先生的釋讀是「年既至男」，王振坤先生再修正釋讀為「年及至男」。

三種不同的解讀，不僅是因為草書字體的難懂，不只是因為年代久遠的殘破，也顯然牽涉到大家對「彥先」這個人的生平資料所知太少。

「承使唯男」，啟功的解釋是「彥先」雖然病重，還好有兒子繼承陪伴。

「年及至男」則是認為「彥先」還在壯年，應該可以無大礙。因為對於「彥先」這個人始終沒有真正結論，這兩句解讀的歧異一時也很難有即刻定論。

《平復帖》一開始提到的「彥先」就有了爭議，後面提到的「吳子楊往」就爭議更大。

啟功認為陸機非常欣賞「楊往」，「威儀詳跱，舉動成觀，自軀體之美也。」繆關富先生的釋讀剛好相反，認為陸機要殺楊往。

文字的釋讀，變成依據「帖」上隻字片語，彌補擴大歷史空白，有點像丹・布朗用一點蛛絲馬跡敷衍出一部《達文西密碼》小說，《平復帖》近年的討論爭論越來越大，也像一部推理小說。

「帖」中原始字句的曖昧迷離、若即若離，構成讀「帖」時奇特的一種魅惑力量。

禿筆賊毫，火箸畫灰

——死灰上的線條，卻都帶著火燙的鐵箸的溫度，
《平復帖》把死亡的沉寂幻滅與燃燒的燙熱火焰一起寫進了書法。

我一方面閱讀諸家不同說法，但是晨起靜坐，還是與《平復帖》素面相見。細看那一張殘紙上墨痕斑剝，禿筆，沒有婉轉纖細的牽絲出鋒，沒有東晉王羲之書法的華麗秀美、飄逸神俊的璀璨光彩。但是《平復帖》頑強勁斂，有一種生命在劇痛中的糾纏扭曲，線條像廢棄鏽蝕的堡壘的鐵絲網，都是蒼苦荒涼的記憶。

「禿筆」、「賊毫」是歷來鑑賞者常用來形容《平復帖》的辭彙。「禿筆」是沒有筆鋒的用舊了的禿頭之筆，「禿」是一種「老」。「賊毫」是毛筆筆鋒的開叉，分岔的線，撕裂開來，像風中枯椏斷枝敗葉，彷彿天荒地老，只剩墨痕是淒厲的回聲。

也許還是米芾說得好——「火箸畫灰」。僅僅四個字，彷彿嚴寒的冬天，守在火爐邊，手裡拿著夾火炭的金屬筷子（箸），撥著灰，畫著灰。死灰上的線

條，卻都帶著火燙的鐵箸的溫度，《平復帖》把死亡的沉寂幻滅與燃燒的燙熱火焰一起寫進了書法。

平復帖——陸機

「帖」常常使人想到一段長達三百年的南朝文人的時代，感傷、放任、灑脱、隱逸，痛戰亂流離，傷親友遽逝，看大雪紛飛後的初晴……。「帖」是文人在亂世裡一些小小記憶，卻使人閱讀後心情難以「平復」。

暑熱倦怠，拿出《平復帖》來看。

《平復帖》現存北京故宮，比起王羲之傳世的法帖，《平復帖》知道的人相對少很多。這幾年《平復帖》展出機會比較多，被選為北京故宮十大鎮館之寶，也引起大陸學界廣泛的討論。

《平復帖》是西晉人的書法，經過六、七百年，到了宋代才被定為是西晉著名文人陸機的真跡書信，上面有宋徽宗泥金題簽。

如果是陸機真跡，《平復帖》的年代要比王羲之《蘭亭序》早五十年，因此，有人推崇《平復帖》為——「墨皇」或「帖祖」。也就是尊奉為文人最早第一件傳世墨跡法帖。

陸機是三國吳郡人，祖父陸遜是著名的大將，後來做了吳國丞相，是三國時代叱吒風雲的人物。父親陸抗也任大司馬，掌吳國兵權。

陸機生在公元二六一年，承襲好幾代榮華顯貴，是南方知名的世家望族。十四歲的時候父親過世，陸機只有十四歲，就和弟弟陸雲分領父親留下的軍隊，為吳國的牙門將。在史書上陸機是被當作少年天才看待的。

公元二八〇年吳國被晉司馬氏滅亡，西晉一統天下，結束三國。陸機當時不滿二十歲，退隱山林，與弟弟陸雲讀書著述。兄弟二人，武將家庭出身，卻以詩賦著名於天下，被稱為「二陸」。

西晉立國十年左右，在晉武帝太康元年（二八九年），陸機、陸雲從南方千里迢迢到京城洛陽。剛到北方，史書上說，陸機因為講話帶南方口音（吳音），還常常被當政的主流北方士族官僚嘲笑。

然而也有人賞識陸機才華，像著名的學者名臣張華，很推崇南方來的二陸兄弟。當時京城文學界也流傳著「二陸入洛，三張減價」的俗語，表示陸機陸雲兄弟進入洛陽，原來活躍北方文壇的張載、張協、張亢都被比得沒有行情了。

雖然亡國了，南方文人的文學才氣卻似乎壓倒了北方。

以南方舊政權的後裔士族在北方新政府立足，陸機的抱負似乎不只是文學而已。他結識了成都王司馬穎，在大將軍府擔任平原內史一個幕僚的職務。《平復帖》前有「平原內史陸機士衡書」的題簽，士衡是他的字，平原內史就是他這時擔任的官職。

陸機出身於顯宦世家，他的祖父陸遜曾經因為位高權重，晚年被孫權流放逼迫致死。陸機的家庭背景，使他很清楚什麼是政治鬥爭。

以一個亡國的南方士族後裔進入北方朝廷做官，可以想見陸機的處處小心謹慎。偏偏他所處的時代又充滿了詭異複雜的政治鬥爭，也就是大家所熟悉的西晉王朝的「八王之亂」。

八王之亂是西晉皇室骨肉親族的奪權鬥爭，從二九一年鬧到三〇六年，十六年間，司馬氏相互殘殺。陸機當時是成都王司馬穎幕僚，必然捲入鬥爭之中，在險譎的鬥爭夾縫之中生存，陸機常常露出他感傷時事、懷想南方故鄉的念舊心情。

《平復帖》如果是陸機傳世墨書真跡，這一封信裡透露的訊息也許就連繫著那一段吳亡晉立錯綜複雜的歷史故事吧。

八王之亂

「難起蕭牆，骨肉相殘」

西晉時期為爭奪中央政權而引發的皇族內戰，分封宗室諸王或串聯相攻，或輪替篡奪。從元康元年（西元二九一年）開始到光熙元年（三〇六年），歷時十六年，導火線是晉惠帝皇后賈南風企圖引入外戚擅權，卻弄巧反拙；最後由東海王司馬越迎回惠帝，奪取大權。皇族中參與這場動亂的王不只八個，但以汝南王司

「帖」常常使人想到一段長達三百年的南朝文人的時代，感傷、放任、灑脫、隱逸，痛戰亂流離，生靈塗炭（《喪亂帖》）；傷親友遽逝（《姨母帖》），頻有哀禍（《頻有哀禍帖》）；看大雪紛飛後的初晴（《快雪時晴帖》），忙著送三百個未經霜雪的橘子給朋友（《奉橘帖》）……。

「帖」是文人在亂世裡一些小小記憶，絹帛殘紙上墨跡斑斑，好像要頃刻化煙塵而去，卻使人閱讀後心情難以「平復」。

馬亮、楚王司馬瑋、趙王司馬倫、齊王司馬冏、河間王司馬顒、成都王司馬穎、長沙王司馬乂、東海王司馬越等八王為主，且《晉書》將八王彙入一列傳（〈列傳二十九〉），故史稱「八王之亂」。這場動亂從宮廷內權力鬥爭開始，而後引發戰爭，參戰諸王陸續敗亡，禍及社會，也加劇了西晉的統治危機，導致其迅速覆亡，中國北方也進入五胡十六國時期。

陸機——「華亭鶴唳」

陸機遇害時只有四十三歲，他伏誅前嘆了一口氣說：「華亭鶴唳，豈可復聞乎？」最後想念的還是南方故鄉羽鶴高亢鳴叫的聲音。這故事使人在看《平復帖》時平添許多感傷，彷彿字跡婉轉淒厲，都是鶴的哭聲。

《平復帖》是一封信，一開始就提到一個人的名字——「彥先」。「彥先羸瘵，恐難平復。」——「彥先」身體衰弱生病，恐怕很難好起來了。「平復」二字，也就是這卷書帖得名的來源。

宋代定《平復帖》為陸機的作品，大概也依據陸機有幾位好朋友的名字都叫「彥先」。讀《平復帖》，要確定是不是陸機的真跡，「彥先」兩個字變成了關鍵。

《平復帖》一開頭寫到的「彥先」首先很容易讓人想到陸機詩裡常常提到的顧

榮，顧彥先。因此許多人想弄清楚陸機與顧彥先的關係。

翻閱陸機陸雲兩兄弟的文集，都有「為顧彥先贈婦」的詩句傳世，這裡的「顧彥先」就是顧榮，也是南方名門士族。顧榮的祖父顧雍也做過吳的丞相，顧、陸兩家，世代同朝為官。他們原來就是好朋友，又是同鄉。吳亡之後，又一起到北方做官。陸機被北方士族嘲笑「有南方口音」的時候，顧榮一定有感同身受的無奈的邊緣感。在北方京城的險惡政治環境裡，有一樣的落寞失意，擔心受怕，有一樣的故國之思。他們自然會常常聚在一起，相濡以沫，彼此安慰。

顧彥先想念家鄉，想念留在南方多年不見的妻子，陸機陸雲就戲作〈贈婦詩〉，替彥先寄贈思念的詩句到南方，當然〈贈婦詩〉同時也寄託潛藏著陸機兄弟自己對故國的鄉愁哀思吧。

辭家遠行遊，悠悠三千里。京洛多風塵，素衣化為緇。

陸機為顧彥先寫的〈贈婦詩〉有耐人尋味的比喻，——這個北方洛陽京城，風沙灰塵如此多，穿著白衣服，一下就染黑變髒了。

「願保金石志，慰妾長飢渴」

陸機〈為顧彥先贈婦〉二首

其一

辭家遠行遊，悠悠三千里。
京洛多風塵，素衣化為緇。
修身悼憂苦，感念同懷子。
隆思亂心曲，沉歡滯不起。
歡沉難克興，心亂誰為理。
願假歸鴻翼，翻飛浙江汜。

其二

東南有思婦，長歎充幽闥。
借問歎何為，佳人眇天末。
遊宦久不歸，山川修且濶。
形影參商乖，音息曠不達。
離合非有常，譬彼弦與筈。
願保金石志，慰妾長飢渴。

在北方做官的陸機，詩句裡講的，顯然不只是素淨的衣服，也是他頓然領悟被政治環境污染弄髒了的心境吧。

「遊宦久不歸，山川修且闊」——陸機〈贈婦詩〉開啟了晉以後南朝文學表現官場羈絆之苦，嚮往山林隱逸的美學傳統，在漫長的文人書畫審美傳統裡影響深遠。

陸機「山川修且闊」的嚮往並沒有完成，賞識他的成都王司馬穎討伐長沙王司馬乂的時候，要陸機擔任都督職責，統領大軍二十萬眾。陸機夠聰明，知道這二十萬眾各有領袖，都不是他一個「南方人」支使得動的。陸機辭都督，司馬穎不許。史書上說：大軍出發那天，風折軍旗，出現凶兆。

陸機最終無法指揮各自擁兵的統領，平日忌恨的小人趁此機會落井下石，連署密報陸機謀反，司馬穎本來就是疑忌的個性，就下令把陸機和兩個兒子陸蔚、陸夏就在陣前一起誅殺。

陸機遇害時只有四十三歲，他伏誅前嘆了一口氣說：「華亭鶴唳，豈可復聞乎？」最後想念的還是南方故鄉羽鶴高亢鳴叫的聲音。

「悠悠君行邁，煢煢妾獨止」

陸雲〈為顧彥先贈婦往返〉四首

其一

我在三川陽，子居五湖陰。
山海一何曠，譬彼飛與沉。
目想清惠姿，耳存淑媚音。
獨寐多遠念，寤言撫空衿。
彼美同懷子，非爾誰為心。

其二

悠悠君行邁，煢煢妾獨止。
山河安可踰，永隔路萬里。
京室多妖冶，粲粲都人子。
雅步嫋纖腰，巧笑發皓齒。
佳麗良可羨，衰賤焉足紀。
遠蒙眷顧言，銜恩非望始。

其三

翩翩飛蓬征，郁郁寒木榮。
遊止固殊性，浮沉豈一情。
隆愛結在昔，信誓貫三靈。
秉心金石固，豈從時俗傾。
美目逝不顧，纖腰徒盈盈。
何用結中欵，仰指北辰星。

其四

浮海難為水，游林難為觀。
容色貴及時，朝華忌日晏。
皎皎彼姝子，灼灼懷春粲。
西城善稚舞，總章饒清彈。
鳴簧發丹脣，朱絃繞素腕。
輕裾猶電揮，雙袂如霞散。
華容溢藻幄，哀響入雲漢。
知音世所希，非君誰能讚。
棄置北辰星，問此玄龍煥。
時暮勿復言，華落理必賤。

陸機死亡的哀傷故事使人在看《平復帖》時平添了許多感傷，彷彿字跡婉轉淒厲，都是鶴的哭聲。

《平復帖》是漢代章草向晉代今草過渡的書體。字體不容易解讀，一直到明代釋讀《平復帖》的人寥寥無幾，八十幾個字能被釋讀出來的只有十七個字。

二十世紀中期，啟功先生閱讀原作，做出了最早完整的釋讀，開啟了多位學者對《平復帖》的不同解讀的熱潮。

一般人最關心的當然還是——信中說的「彥先」，究竟是誰？

陸機除了詩中常提到的好友顧榮表字「彥先」之外，還有另一個好友「賀循」，名字也叫「彥先」，賀循——賀彥先。

《平復帖》裡的「彥先」究竟是哪一個？是顧彥先，顧榮，還是賀彥先，賀循？

會稽雞

讀「帖」的時候常對江左風流人物有嚮往，如同讀《世説新語》常常惋惜江南陸機一類才俊文人的下場。但是，大江東去，歷史的確對任何個人都一無惋惜眷戀。

因為啟功認為《平復帖》提到的「彥先」是賀循，我就放下帖，找出《晉書》的〈賀循傳〉來看。

《世說新語．言語》一卷也有賀循一段讚辭——「會稽賀生，體識清遠，言行以禮。不徒東南之美，實為海內之秀。」

這一段話沒有事件，純粹只是讚美賀循。賀循家族從漢代就是書香世家，專治「禮學」，後來遷到浙江會稽山陰，也就是今天的紹興。喜歡「帖」的人，聽到「山陰」，很容易就想到王羲之的《蘭亭序》，以及永和九年那一個春天一群名士在「山陰」的雅集。對喜愛書法的人來說，「山陰」像是「帖」的原鄉。

賀循的父親是賀邵，曾經在吳國做到太子太傅。

《世說．政事》一卷，提到賀邵做吳郡太守，大概因為不在自己熟悉的環境做官，剛開始表現非常低調，每天悶在家裡，足不出戶。

吳郡是現在蘇州，當地的豪族就很看不起來自浙江紹興的賀邵。大家似乎看準了賀邵好欺負，就在賀邵門上寫了譏笑他的字：「會稽雞，不能啼。」表示來自紹興的賀邵沒有什麼本事，是沒有啼叫聲音的雞。

北上做官的陸機常常與北方豪族有衝突，但是，看到賀邵這一段，當時可能不只北方豪族與南方豪族之間有衝突，連吳與浙之間也有矛盾。吳地的豪族如此嘲笑來自浙江的長官，很不給賀邵面子，地方族群意識之嚴重，相互傾軋挑釁，最終弄到國破家亡。

賀邵被吳郡豪族侮辱了，他不動聲色，有一天，走出門，回頭看到門上罵他的題句，他就跟僕從要了筆，在「會稽雞，不能啼」下面接了兩句；「不可啼，殺吳兒。」

這是賀邵要整頓吳郡的開始，他調查搜羅了當時吳國兩大豪族顧姓和陸姓的不法。「顧」正是顧榮家族，「陸」就是陸機家族。這些當時江南吳地的豪門，累積世代財富，竟然可以「役使官兵」，連國家軍隊都聽他們指揮。也窩藏逃

「奉公貞正，親近所憚」

賀邵

賀邵（二二六～二七五年），字興伯，會稽山陰人。三國時東吳將領賀齊之孫、賀景之子。吳景帝孫休即位後，由中郎升任散騎中常侍，並出任吳郡太守。吳末帝孫皓在位時，入朝為左典軍，後遷任中書令，兼領太子太傅。當時吳主孫皓（二六四～二八〇年）殘暴驕矜，朝政日弊，賀邵上疏直諫，期望孫皓虛心納諫，遠離小人，體恤臣民，節慾勤政等；孫皓卻因此深懷忌恨。後來賀邵遭誣告與樓玄「謗毀國事」，於是被斥譴。天冊元年（二七五年），賀邵因病而不能說話，已離職數個月，孫皓又思疑他裝病，最後更將賀邵加刑至死，時年四十九歲，並且將其家族流放至臨海郡。

犯，違法犯紀，完全沒有王法。這個被嘲笑為「沒有聲音」的賀邵一一舉發，呈報給朝廷，很多豪門因此獲罪下獄。

「悉以事言上，罪者甚重」——一樣一樣舉證給皇帝，許多豪族都被逮捕——《世說》很讚揚賀邵這種秉公處理的作為。但是，陸機的父親陸抗，當時做江陵都督，握有兵權，也是江東豪門的代表，為了維護族群的利益，向皇帝孫皓上表請求，不多久，獲罪的豪門就又釋放了——「然後得釋」。

賀邵在吳郡的改革，因為豪族地方派系干擾，功虧一簣，不多久，吳國就被北方司馬氏的晉國滅亡了。

讀「帖」的時候常對江左風流人物有嚮往，如同讀《世說新語》常常惋惜江南陸機一類才俊文人的下場。但是，大江東去，歷史的確對任何個人都一無惋惜眷戀。

這個曾經力拚豪貴門閥的改革者賀邵，最終沒有逃過政治鬥爭的慘酷。做豫章太守的時候，賀邵被吳國末代昏君孫皓處酷刑，以燒紅的燙烈刀鋸鋸斷頭顱而死。這故事使我在看《平復帖》的「彥先羸瘵」四個字時心裡有不能言喻的糾纏。

顧榮——「彥先」

顧榮的一生是魏晉文人在亂世裡委曲求全的一個悲哀卻又成功的例子。他似乎比同鄉好友陸機要幸運，也更能在政治夾縫中生存。看《平復帖》不禁想到陸機一家被殺慘死時，不知顧榮是何等心情。

由吳入晉，陸機的朋友中其實不只一個「彥先」，前面介紹的顧榮，他表字彥先，陸機還有一個朋友——賀循，他的字也是「彥先」。他們兩人都是陸機的朋友，因此，陸機寫信也都有可能提到這同樣名字的「彥先」。

大家開始討論——《平復帖》裡的「彥先」，究竟是顧榮還是賀循。

《平復帖》開頭的「彥先」，首先會讓人想到顧榮，顧彥先。主要是因為陸機與顧榮關係特別密切。

陸機與顧榮都是南方吳國世家子弟，顧榮的祖父顧雍做過吳的丞相，父親顧穆是宜都太守。顧榮年輕時也做過吳的黃門侍郎，與陸機一樣都是三代顯達的吳國舊臣。

因此在吳國滅亡之後，陸機陸雲兄弟和顧榮同時北上洛陽，被當時人稱為「三俊」，代表南方士族與新政權合作的知識分子中的菁英吧。

從《晉書．顧榮傳》來看，北上以後，在西晉新政權下做官做得不錯，從郎中一路做到尚書郎、太子中舍人、廷尉。

從《晉書》顧榮的傳記裡看到他在新政權仕宦的過程，表面上似乎是一帆風順。但是仔細推敲細節，又覺得毛骨悚然，顧榮其實捲入了非常深的皇室權力鬥爭之中。

西晉政權皇室為爭奪權力，骨肉相殘，引起十六年間兄弟叔姪彼此屠殺的八王之亂。而這「八王」幾乎都與顧榮有關係。首先，趙王司馬倫殺了淮南王司馬允，司馬允的僚屬就交付顧榮審判。司馬倫想全部誅殺，顧榮卻從寬處理，放了很多無辜者。這件事也許可以解釋為顧榮的仁慈，不濫殺無辜，但是也可以解釋為南方士族在政治鬥爭中常常會留許多餘地，與北方新政權的嚴厲殘酷不同。司馬倫篡位後，顧榮就做了太子司馬虔的大將軍，顯然顧榮也很受司馬倫器重。

不多久，司馬倫失敗了，顧榮當然被牽連，原來判了死罪，卻僥倖脫罪，免除

「每欲自殺，但人不知耳」

顧榮

顧榮（?～三一二年），字彥先，吳國吳縣（今江蘇蘇州）人。出身江南大姓，三國時東吳丞相顧雍之孫，宜都太守顧穆之子。顧榮二十歲即入仕東吳，西晉滅吳後，與陸機陸雲兄弟入洛，號為「三俊」；官拜郎中，後歷任尚書郎、太子中舍人、廷尉正等職。八王之亂時期，顧榮竟能先後於其中六王（趙王倫、齊王冏、長沙王乂、成都王穎、河間王司馬顒、東海王越）勢大當權時任官，最後更支援渡江移鎮江東的晉元帝司馬睿（時為琅邪王），又舉薦江南一眾名士，協助建立東晉。顧榮於任內逝世，司馬睿十分哀痛，追贈侍中、驃騎將軍、開府儀同三司，謚曰元。後更追封公爵，封食邑。

死刑。

新的主政者齊王司馬冏掌權，顧榮又召為司馬冏的大司馬主簿。司馬冏「擅權驕恣」，是一個蠻橫暴戾的人，顧榮整天喝酒，他跟朋友的信上說「恆慮禍及，見刀與繩，每欲自殺」——做官做到如此提心吊膽，看見刀子繩子就想自殺，可以想見當時政治環境的險惡。

但是顧榮似乎一路在八王之亂裡與險惡擦身而過，他後來做過長沙王司馬乂的驃騎、長史。司馬乂失敗，又做成都王司馬穎的從事郎中。東海王司馬越聚兵徐州，他又被召為軍諮祭酒，等於是當時軍政顧問團的首席。

八王之亂裡，顧榮至少跟六個王有君臣關係，還能僥倖活下來，可謂奇蹟。

八王之亂終於使西晉在政治鬥爭中耗盡國力，公元三一一年，永嘉之亂，北方游牧民族南下，兩京失陷，司馬睿在南京建立東晉王朝，顧榮又被徵召，輔佐司馬睿稱帝，成為東晉王朝建國最有力的南方士族的代表。

逃亡到江南的東晉元帝，依賴顧榮這一類「本土士族」，穩定了在南方的政權。元帝六年，顧榮去世，元帝曾親自祭喪哀悼。

顧榮的一生是魏晉文人在亂世裡委曲求全的一個悲哀卻又成功的例子。

顧榮似乎比他的同鄉好友陸機要幸運，也更能在政治夾縫中生存。雖然數次想自殺，卻還是得到了善終。看《平復帖》不禁想到陸機一家被殺慘死時，不知顧榮是何等心情。

關於顧榮的喪禮，《晉書．顧榮傳》和《世說》記錄了一段同樣的故事——顧榮平日喜歡彈琴，他死後，家人在靈堂上放著他的琴。同鄉的張翰來祭悼，大哭，把琴拿到胡床上，彈了好幾曲，撫摸著琴說：顧彥先還能聽到嗎？又大哭，連喪家也沒有招呼就走了。

晉人的「帖」與《世說新語》很像，短，而且沒有大事。

賀循——彥先

陸機、顧榮、賀循，這三個南方世家的文人都經歷了複雜的政治鬥爭。看來陸機最有才華，但是也最早慘死；顧榮、賀循都比較懂得韜光養晦，也都安享天年。這兩個同名「彥先」的江南文人下場算是幸運的。

啟功釋讀《平復帖》後，認為信中提到的「彥先」不是一般人在陸機詩裡熟悉的顧彥先，而是另一個朋友——賀循，賀彥先。

《晉書》的賀循傳和顧榮傳在同一卷裡，他們也都和陸機一樣，屬於南方吳國的士族後裔。

賀循家族在漢代就是書香世家，他們是山陰人，原來姓慶，而不姓賀，世代治學，傳述《禮記》，他們的學派被稱為「慶氏學」，是成一家之言的學者世家。為了避漢安帝父親的名諱，改姓賀。

三國時，賀循曾祖一代就在吳為官，到了他的父親賀邵，做到中書令，輔佐吳國最後一代皇帝孫皓。孫皓暴虐無道，賀邵直言極諫，遭孫皓忌恨，命人用燒紅刀鋸鋸斷頭顱，酷刑而死。賀循全家流放海隅，一直到晉滅了吳國，才又遷回山陰老家。

幼年時遭遇如此巨變，賀循其實無意於功名。陸機的父親陸抗曾經與賀邵同時輔佐孫皓，吳亡之後，陸機在晉王朝為官，因此就舉薦了賀循，兩人也是世交之誼。

賀循有父親慘死的陰影，他做官戰戰兢兢，做不多久就託病辭官。讀《晉書·賀循傳》，最有印象的就是他好幾次的「辭疾去職」，經常假藉生病辭職，躲過好幾次政治災難。一直到東晉元帝時代，元帝信賴的南方士族代表顧榮顧彥先去世了，元帝身邊最具影響力的接替者就是賀循賀彥先。

有一次晉元帝問起賀循：「那個暴虐的孫皓用燒紅的鋸子鋸了誰的頭啊？」賀循愣了一下，元帝忽然想起來了說：「啊！是你父親賀邵。」賀循涕淚滿面，回答說：「父親遭遇無道，賀循創痛太深，剛才無法回答陛下。」元帝因此覺得慚愧，三天沒有出門。

從吳亡、西晉亡，到東晉立國，陸機、顧榮、賀循，這三個南方世家的文人都經歷了複雜的政治鬥爭。看來陸機最有才華，但是也最早慘死，在三〇三年就

賀循

賀循（二六〇～三一九年），字彥先，會稽山陰（今浙江紹興）人。先人慶普，有所謂「慶氏學」，族高祖慶純改賀氏，三國時東吳名臣賀邵之後。精禮傳，與紀瞻、閔鴻、顧榮、薛兼等齊名，號為「五俊」。舉秀才，出為陽羨令。任武康令，政教大行，鄰城宗之。任會稽內史期間，開鑿西興運河，自會稽郡城至錢塘江，形成水網。轉為軍諮祭酒，陸機薦入洛，補太子舍人。多病，患有羸瘵（肺結核）。趙王倫篡位後，轉侍御史，不久以疾去職。琅玡王司馬睿鎮守建鄴時，任太常、太子太傅、左光祿大夫等職。官至太史、太常卿。卒贈司空，諡穆。著有〈喪服要記〉、〈會稽記〉及《文集》等。

被司馬穎處決，顧榮、賀循都比較懂得韜光養晦，一路險灘急流，卻知道避禍躲災，逢凶化吉，也都安享天年，賀循在太興二年（三一九年）去世，卒年六十，喪禮的時候元帝「素服舉哀，哭之甚慟」。賀循和顧榮，這兩個同名「彥先」的江南文人下場算是幸運的。

《平復帖》裡的「彥先」重病，很讓陸機擔心，如果這個「彥先」真是賀循，他卻比陸機多活了十幾年。

《晉書．陸機傳》最後的「贊」說他「楚材晉用」說他「神情俊邁、文藻宏麗」，但是看到後面兩句「奮力危邦，竭心庸主」，使人不禁苦笑，以陸機的聰明智慧竟然看不出自己「奮力」的是危亂之國，「竭心」的主子竟然如此庸劣。「危邦」「庸主」使他終於走向悲慘受辱荼毒的結局。

在晉司馬氏一統天下後，江南的文人士族其實命運也都很類似。陸機的〈短歌行〉裡總是哀嘆「來日苦短，去日苦長」，他的悲劇性在詩作裡一覽無遺。

這一群朋友中能逃過時代功名羈絆的是張翰。也就是顧彥先喪禮時在靈堂撫琴痛哭的那位名士。他原來也跟陸機、顧榮在北方做官，因為某一個秋天，秋風吹起，張翰想念起江南家鄉的蓴菜羹、鱸魚膾，毅然決然，辭官回南方，他說：「人生貴得適志，何能羇宦數千里，以要名爵乎？」——人生的珍貴在做自己喜歡的事，怎麼能為了功名，跑到幾千里外做官被綁住？

張翰的秋風蓴菜羹、鱸魚膾，雖然是江南小吃，卻成為千古以來文人在官場打滾受傷時最深的心靈嚮往。

陸機、顧榮、賀循、張翰，四個好朋友，能吃到江南秋天蓴菜羹鱸魚膾美味小吃的也只有張翰一人而已。

「來日苦短。去日苦長」

陸機〈短歌行〉

置酒高堂。悲歌臨觴。
人壽幾何。逝如朝霜。
時無重至。華不再陽。
蘋以春暉。蘭以秋芳。
來日苦短。去日苦長。
今我不樂。蟋蟀在房。
樂以會興。悲以別章。
豈曰無感。憂為子忘。
我酒既旨。我肴既臧。
短歌有詠。長夜無荒。

晉人殘紙

在西北羅布泊樓蘭一帶發現的晉人墨書殘紙，破碎殘斷，墨痕漫漶，但是字跡卻與《平復帖》極為神似，擺脫了漢隸束縛，點畫宛轉流動，已是兩晉文人「帖」的風度神氣了。

《平復帖》到目前為止，是否是陸機真跡，爭議很大。但是大多學者都不反對是可靠的西晉文人的書信作品。《平復帖》的確開啟了漢字書寫裡「帖」的獨特美學傳統，因此常被稱為「帖祖」。

「帖」是書法，「帖」也是一種文體。「帖」是文人之間問候平安的手札便箋，或探病，或說近況，或哀悼喪亡，或敘述天氣季節變化、心情憂喜；「帖」是文人用毛筆在「紙」或「帛」上書寫的心事痕跡，沒有「文以載道」的沉重壓力，「帖」的文體和書法都擺脫了裝腔作勢的修飾，呈現出文人瀟灑自在的隨意率性。

「紙」、「帛」在魏晉之間正式成為文人書寫的載體。從秦漢以來就長期使用的「竹簡」、「木牘」都廢棄不用了。文人手裡的毛筆在滑潤輕柔潔白的

「紙」、「帛」上書寫，線條優美飄逸，可以產生更多頓、挫，流、動，轉、折、輕、重的筆鋒變化之美，彷彿在閱讀書寫者的情緒起伏。

「竹簡」、「木牘」纖維沉重粗糙，毛筆的書寫不容易產生速度感，一旦改為在紙帛上書寫，漢字就由結構端嚴的隸書入行草，毛筆筆鋒開始追求飛揚靈動、酣暢淋漓的美學表現。

主宰「帖」的發展的也不再是朝廷授命書寫的刻板工匠，而是有自我審美意識與創意性情的文人。

這些魏晉時代的文人，游離於社會士、農、工、商階級之外，他們不參於社會勞動，出身士族書香世家，卻又常常與仕宦權力若即若離，有一種旁觀者的疏遠，在政治動亂鬥爭的時代造就了一封封「帖」裡特別雲淡風輕的文體與書風。

晉人在紙上抄寫的《三國志》殘本，敦煌洞窟發現的《摩訶般若波羅蜜經》，與北涼《優婆塞戒經》，書體還是標準的漢隸，或隸書意味濃厚的楷書，工整端正，但是看不到文人的灑脫飄逸。

在西北羅布泊樓蘭一帶發現的晉人墨書殘紙，破碎殘斷，墨痕漫漶，但是字

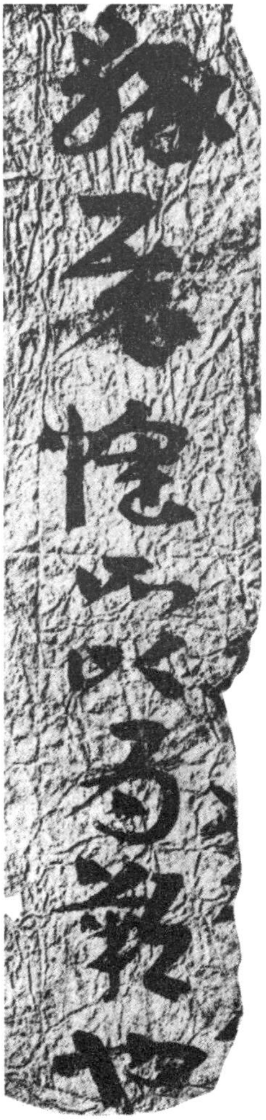

跡卻與《平復帖》極為神似，擺脫了漢隸束縛，點畫宛轉流動，已是兩晉文人「帖」的風度神氣了。殘斷的碎紙片上辨認得出一兩個句子——「能甚惘惘也」，「緣展懷所以為歎也」——也與熟悉的晉人的「帖」的句子如此相似，「惘惘」、「展懷」、「為歎」都像是王羲之傳世的「帖」裡的用語。與晉人的「帖」有更密切關係的是新疆發現的《李柏文書》。

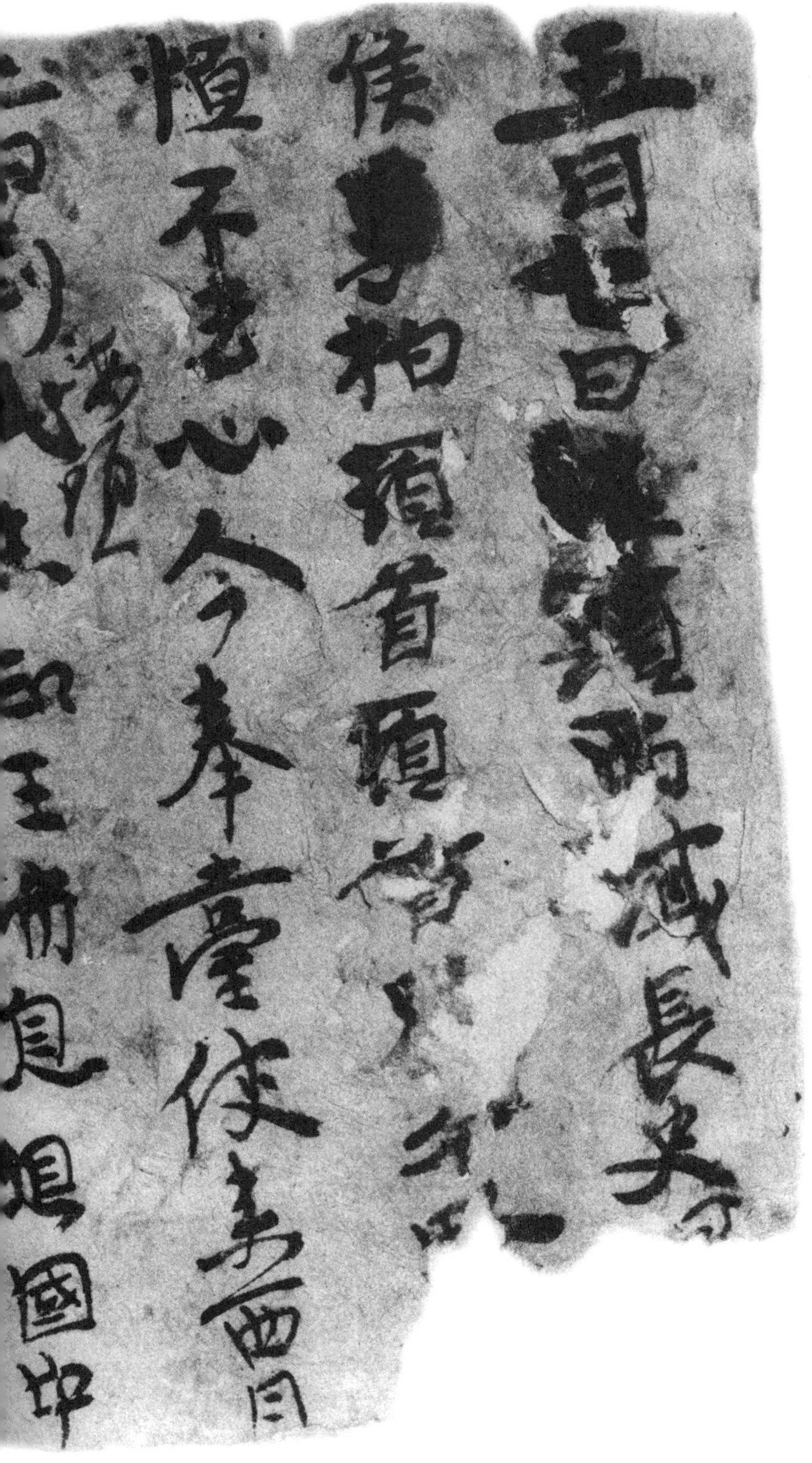

李柏是前涼時代的西域長史，他書寫的三張墨書手稿，是三封信的草稿，現藏日本龍谷大學圖書館。這三封書信原稿以日期開頭——「五月七日」、「西域長史柏頓首頓首」，書信格式與王羲之的「帖」完全相同。李柏這三封信書

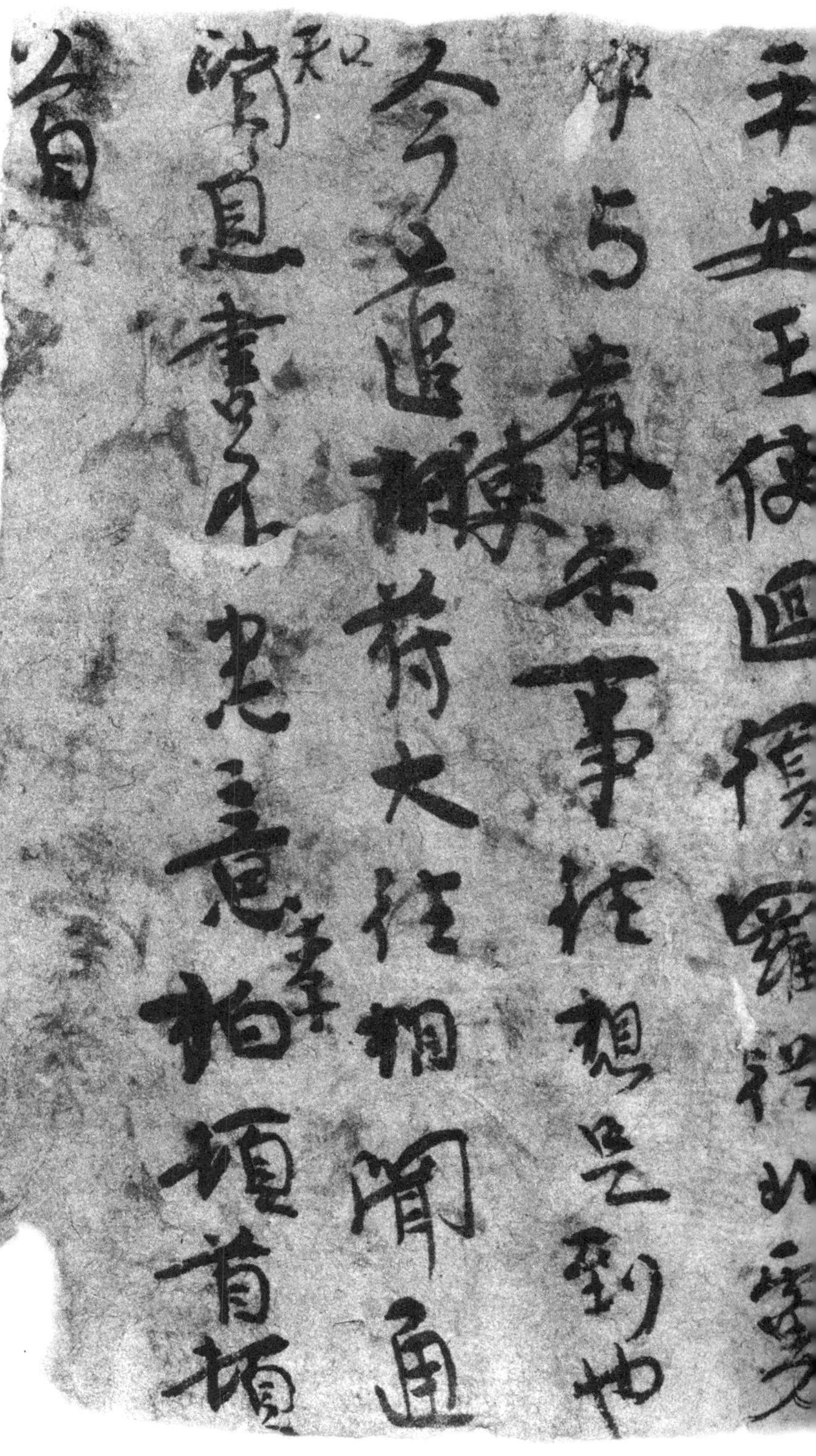

五月七日，海頭西域長史、（關內）
侯李柏頓首頓首。別□□□
恒不去心，今奉臺使來西，月
二日到此（海頭），未知王消息，想國中
平安，王使迴復羅，從北虜
中與嚴參事往，想是到也。
今遣使苻大往相聞通
知消息，書不悉意。李柏頓首頓
首

寫年代在前涼永樂元年，西元三四六年，也正是王羲之在南方的東晉書寫他的「帖」的同時，《李柏文書》的書法也特別像被認為是王羲之最早書風的《姨母帖》，筆勢線條自由，字體略帶扁平，橫向水平線條粗重拉長，隱約還感覺得到一點點漢隸的影響，但是「帖」的書信文體已經確立了。

李柏到了西域任所，寫信報告到達日期，「未知王消息，想國中平安」，隔著千里萬里迢遙山河阻難，一個奉派到邊疆荒寒之地的長官在文書裡說——「想國中平安」，結尾的「李柏頓首頓首」彷彿就有了戰亂年代一片殘紙上歷經風沙歲月的歷史滄桑。

「未知王消息，想國中平安」
李柏文書

二十世紀初，中國西北地區出土了數以萬計的古代竹木簡牘和紙帛文書，在書法史上《李柏文書》就是其中最具價值和代表意義的作品之一。它出土於新疆，是一封信箚的不同草稿，現藏於日本龍谷大學圖書館，兩封信函都寫於麻紙上，長廿三釐米（約相當於晉代一尺），寬度分別為廿七釐米、廿九釐米。書寫者李柏與王羲之時代相近，大約生活在東晉咸和至永和年間（三三〇～三五〇年），文體基本上屬於行書，仍帶有明顯的隸書筆意。

受到當時歐洲人進入西域掠寶的感染，日本人也迫不及待加入。一九〇九年，日人橘瑞超進入新疆羅布泊地區，在一座樓蘭古城內，盜獲《李柏文書》，即李柏當時寫給焉耆國王等的信函，其中兩封是完整的，另有三十九片殘片。李柏是五胡十六國時期前涼的西域長史，於西三二八年到達此處。《李柏文書》還有些信是前涼張駿討伐高昌（吐魯番）的晉戊己校尉趙貞時，為安撫與高昌鄰近的各國而寫的。

鬼子敢爾

陸機到臨刑前也還是英姿風發。但是，讀帖的時候，我卻想到了陸雲，那個一直跟在英雄哥哥身邊的少年，個性溫和優雅包容，不知道他在行刑前是不是也有什麼沒有說出來的心事？

北方山西出身的王濟喜歡吃羊奶酪，南方上海來的陸機想念家鄉的蓴菜羹加鹽豉，似乎只是個人口味不同。但是《世說新語》裡有關陸機和北方豪族的交鋒不只王濟一次，連貫起來看，可能就會發現他們爭執的其實不是小吃料理，而是隱藏著北方豪族新貴與南方舊世家文人的齟齬尷尬。

《世說．方正》一卷記錄了一段故事——陸機到了北方，他是吳國舊臣，不到二十歲就統領大軍，祖父陸遜、父親陸抗也都是江東大將名臣，世代在吳國做官，南方沒有人不知道陸遜、陸抗家族。吳國滅亡，陸機與弟弟陸雲北上求官，心裡當然有委屈，他們講話帶南方口音（吳音）都會被北方人嘲笑，遠離故鄉，寄人籬下，自然也容易有過度的敏感。

一次在公開宴會的場合，北方豪族出身的尚書郎盧志就觸碰了陸機的敏感地帶。

盧志是北方世家，他的祖父盧毓是三國魏的吏部尚書，他的父親盧珽是泰山太守。盧家是世代在北方做官的豪門，自然也有一點傲氣與霸氣。看到剛到北方新政權做官的陸機跟陸雲，年少有才華，被稱為「二俊」，成為北方當時的新聞人物，盧志心裡當然有嫉妒，找機會就想殺殺這兩個南方小子的威風。

有一次，大廳廣眾之間，盧志出言不遜地問陸機：「陸遜、陸抗是你什麼人啊！」魏晉人很忌諱提父祖的名字，在眾人間如此不禮貌的直接連名帶姓叫出陸機陸雲父親祖父名諱，當然使陸機極為不悅，他也認為這是盧志故意的挑釁。

陸機個性剛烈，毫不示弱，立刻大聲回答盧志：「就是你的盧毓、盧珽啊！」陸機以牙還牙，也讓盧志在大眾間聽一聽父祖名諱被如此提名道姓的羞辱感。

《世說新語》文體寫法很委婉，這段故事如果只在這裡結束，也只是傳達了陸機的剛烈，或者為南方人在北方做官的屈辱感發洩一下悶氣而已。

《世說》筆鋒一轉，寫到在旁邊嚇得面無人色的弟弟陸雲，大概也讓讀者知道觸怒新貴豪族，對一個在北方政權仰人鼻息存活的南方世族文人是多麼危險的舉動。

陸雲個性婉轉也厚道，他從宴會中出來，還是一路跟哥哥解釋說：「何必這樣，也許盧志真的不知道我們父祖是誰啊！」

讀到這一段，常會無來由的心酸。在〈方正〉一卷，主角當然是陸機，「方正不阿」，不肯委曲求全，很有悲劇英雄的姿態。陸機正色跟弟弟說：「我父祖名播海內，寧有不知？鬼子敢爾！」——我們父親祖父名揚海內，怎麼會不知道？這鬼子也敢如此！

罵得很過癮，「鬼子」二字原來不是到清末才用來稱呼「洋鬼子」或更晚用來稱呼「日本鬼子」的。《世說》隔了很遠，到最後一卷〈尤悔〉，才輕描淡寫提到陸機以後被殺，進讒言的人正是這個「鬼子」盧志。

我的心酸是心痛陸雲的角色，這一段故事結尾，《世說》的作者劉義慶甚至藉東晉名臣謝安的評定，認為這件事可以看出陸機與陸雲兄弟的優劣。陸機很「優」，陸雲當然就「劣」。

是的，陸雲或許膽怯，陸雲或許軟弱，陸雲或許沒有哥哥的骨氣膽識與英雄姿態。不多久，陸機兵敗，被小人盧志逮到報復機會，陸機、陸雲兄弟和家屬子

「生在己而難長，死因人而易促」

陸雲

陸雲（二六二～三〇三年），字士龍，吳郡吳縣（今江蘇蘇州）人，西晉文學家，與其兄陸機合稱「二陸」。三國時東吳丞相陸遜之孫，大司馬陸抗之子。雲少聰穎，六歲即能文，被薦舉時才十六歲。二陸入洛後一度備受譏嘲，終漸得志，後陸雲任吳王司馬晏的郎中令，直言敢諫，經常批評吳王弊政，頗受晏禮遇。先後曾任尚書郎、侍御史，太子中舍人、中書侍郎、清河內史等職。世稱「陸清河」。

兄陸機死於「八王之亂」，遭夷三族，陸雲因之牽連入獄被戮。得年四十二歲。

陸雲文風清新嚴謹。《晉書．陸雲傳》載雲「著文章三百四十九篇，又撰《新書》十篇，並行於世」，《隋書．經籍志》亦有《陸雲集》十二卷記載，今均佚。明朝人張溥《漢魏六朝百三家集》輯有《陸清河集》。

嗣一起被誅殺族滅於荒野。

歷史上留下了陸機臨刑前想聽一聽故鄉「華亭鶴唳」的悲壯淒厲歌聲，陸機到臨刑前也還是英姿風發。但是，讀帖的時候，我卻想到了陸雲，那個一直跟在英雄哥哥身邊的少年，個性溫和優雅包容，不知道他在行刑前是不是也有什麼沒有說出來的心事？

羊酪與蓴羹

主人誠心待遠客，端出了北方最珍貴的羊乳奶酪，卻引起了陸機的家國之思。《世說新語》裡常會讀到南方文人的感傷，大概也因為那不可言說的感傷，日積月累，形成性格裡一種揮之不去的「謔」的玩世不恭吧。

翻出魏晉人的帖，每天讀幾幅，一帖簡短幾行，文字不多，可以反覆閱讀。王羲之的帖多在三十字上下，《平復帖》長一點，也只有八十幾個字。這些簡短的書信手札，本身並沒有談太多的事，與家國天下都無關，與歷史也無關。但是讀帖有趣，常常在絃外之音，若有若無，若即若離。簡單一封書帖，反覆看，越來越多線索，很像讀《世說新語》，無頭無尾，忽然來一段；初看的人常常摸不著頭腦，多看幾次，許多零散的片段，彼此呼應串聯，像玩拼圖遊戲一樣，慢慢拼出一個魏晉時代人與歷史的風神笑貌，卻比正史還要真實貼切、耐人尋味。

我的住處一直掛著臺靜農老師一幅隸書的對聯——「爛漫晉宋謔，出入仙佛間」。臺先生用力於漢《石門頌》摩崖書法甚深，筆勢迴盪虬結，如古藤攀岩，力度勁歛頑強，常常吸引來小坐的朋友注視。我卻喜歡這對聯的意思，——喜歡「爛漫」兩個字的燦爛卻又似乎漫無邊際、漫不經心，像春夏時花開「爛漫」，原來沒有刻意目的，開成一片，自有一種風景。「晉」「宋」是南朝，那個紛亂充滿政治鬥爭的年代，卻有一批文人在爛漫的風景裡嬉謔笑鬧，彷彿拿血淚斑斑的歷史事件當下酒的菜，他們的「謔」或者可笑佯狂，卻也充滿不可知的悲憤辛酸慘楚。他們彼此相互戲謔，他們也戲謔世俗，戲謔禮教，戲謔正經八百的知識與權力，戲謔歷史，戲謔自以為有價值的生命。他們談玄，談虛無，談生命終極的放任豁達，出入於仙佛之間，不屑也不拘泥於迂腐瑣細無生命力的儒教。

因為讀帖，帖旁就常常放著《世說新語》，寫帖的人的名字，帖裡談到的人的名字，都會在《世說新語》裡出現，仍然是若有若無、若即若離。

讀《平復帖》，自然會找《世說》裡有關陸機、陸雲兄弟的條目來讀。

《世說·言語》一卷裡陸機剛從故鄉吳郡華亭（今天的上海）北上洛陽，拜見當時晉武帝的女婿王濟（武子）。王濟是當時北方政權的當紅人物，又是皇室

世說新語

南朝宋劉義慶（四〇三～四四四年）召集門下食客共同編撰。記述東漢末至兩晉士人的生活言行和思想，反映當時社會風貌。全書分上、中、下三卷，依內容分為言語、政事、文學、方正、賞譽……等三十六門，始於德行，終於讎隙。每門皆錄名人遺聞軼事，全書共一千多則故事，每則文字多寡不同，多簡短雋永，長篇數行而盡，短言僅二三十字，皆可吟詠，是魏晉南北朝時期「志人小說」代表作，也可見筆記小說「隨手而記」特性。影響所及，唐時修《晉書》多所採用，引用的三一二條約佔《世說新語》條目三成，致後世史家常有批評。

劉義慶，彭城（今江蘇徐州市）人，劉宋宗室，武帝劉裕之侄，長沙王劉道憐子，但過繼給劉裕另一弟道規，襲封臨川王贈任荊州刺史等官職，在政八年，聲績頗佳。後以病還京，卒年四十一歲。著有《徐州先賢傳》，編《幽明錄》、《宣驗記》等，皆已散佚，僅《世說新語》一書傳世，並有梁劉孝標註本。

親信，見到南方亡了國前來求官的陸機，有點不客氣。出身山西晉陽的王濟喜歡吃羊奶酪，接見陸機的時候面前擺了大碗羊奶乳酪，對陸機說：「卿江東何以敵此？」——你們南方也有東西比得上奶酪嗎？

陸機回答說：「南方有千里湖的蓴羹，沒加醃豆豉（鹽豉），就比得上了！」

讀《平復帖》的時候翻看這一段，可以會心一笑。

我在法國讀書，法國朋友也常自豪他們上面長有綠色黴苔的羊奶乳酪，氣味如人體隱私處久不洗滌的濃郁臊臭。這東西極貴，主人誠心才拿出來待客，當然不會有當年王濟的心思。但是主人問一句：「你們台灣有這東西嗎？」心裡還是會敏感，加上鄉愁抑鬱，也許就會向陸機一樣充滿較勁之心地回答說：「我們赤崁的虱目魚腸，不加醬料就比這好吃了。」

也許是亡國北上遠離故鄉的陸機多心了，王濟或許只是誠心待遠客，端出了北方最珍貴的羊乳奶酪，卻引起了陸機的家國之思。

《世說新語》裡常會讀到南方文人的感傷，大概也因為那不可言說的感傷，日積月累，形成性格裡一種揮之不去的「謔」的玩世不恭吧。

北方豪族的「羊酪」與南方文人的「蓴羹」在《世說新語》裡交鋒了一次，故事被歸類在〈言語〉一項，或許是以為陸機回答的犀利有機智。我想也可能是陸機太想念南方故鄉了，我在法國其實很嗜吃羊乳酪，但是鄉愁一來，心神徬徨恍惚，味覺記憶裡就都是赤崁廟口清晨的虱目魚腸。

《平復帖》中也許有陸機魂牽夢繫的江東「鹽豉」的味道吧！

第二輯

萬歲通天帖

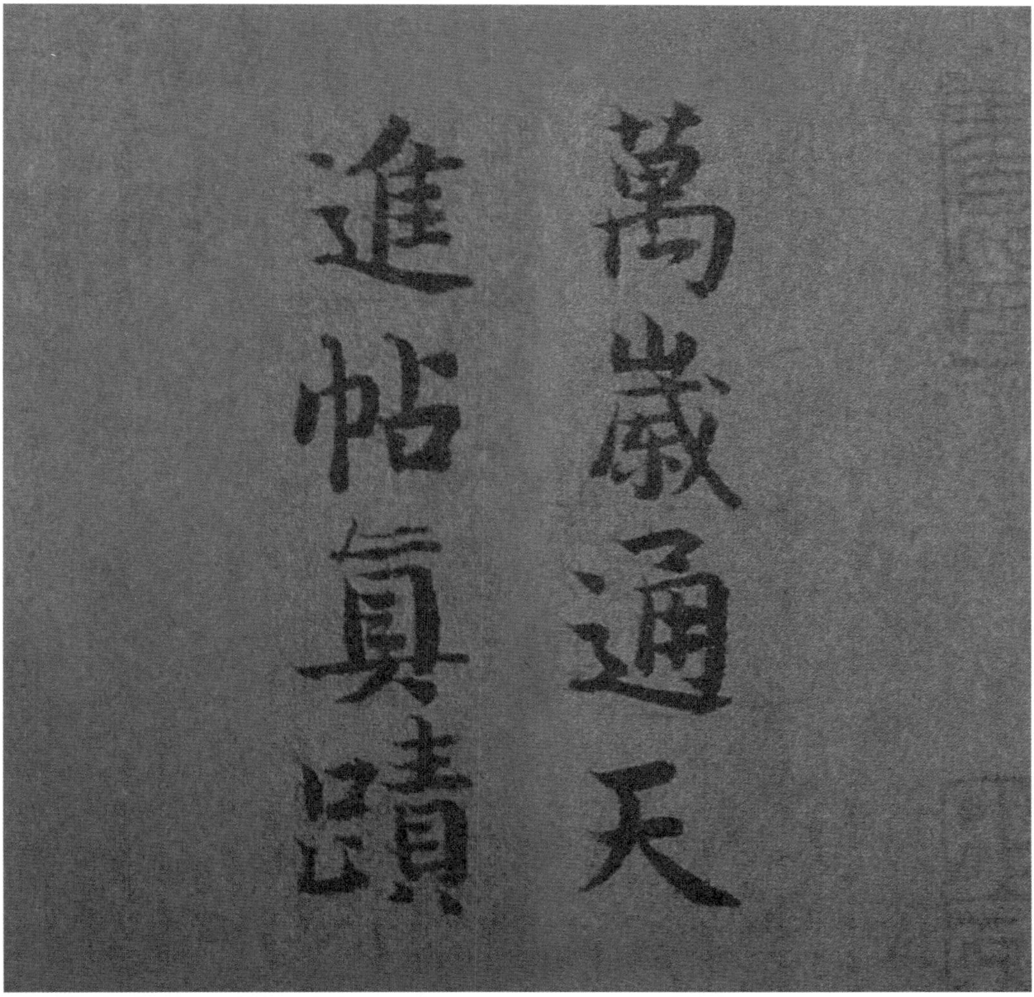

姨母帖　初月帖

簡短的書信背後是慘絕人寰的時代悲劇。王羲之用「摧剝」、「摧絕」、「痛貫心肝」、「切割」、「慘塞」這些具象又絕對的字眼形容自己對生命的傷痛，重複用「奈何、奈何」訴說心裡的虛無幻滅。

大家都知道唐太宗李世民非常喜歡王羲之的作品，唐太宗的年代距離王羲之已經有三百年。寫在紙或絹帛上的墨跡，不容易保存，當時能夠看到的王羲之的真跡也已經不多。唐太宗傾全力蒐求，把搜求到的王羲之真跡收藏在內府，又命令當時的書法名家臨摹王羲之的帖，因此流傳至今，許多博物館收藏的王羲之的字大都是「唐摹本」。

王羲之的帖由書法名家「臨」、「摹」。「臨」是看著真跡臨寫；「摹」是把紙蒙在真跡上用淡墨細線勾出輪廓再加以填墨，也叫「雙勾填墨」，或「響拓」。

「摹本」的忠實度很高，輪廓逼真，但是墨色變化與筆勢流動感就不一定能傳達出韻味。

「王氏家風，漏泄殆盡」

萬歲通天帖

又稱《王氏一門法書》。唐代勾填本王羲之一門書翰。紙本墨蹟卷。每帖前多有王方慶小楷書其祖輩名銜。

《石渠寶笈》載：卷高八寸三分，橫七尺八寸分。共七人十帖：一、《姨母帖》王羲之行書；二、《初月帖》王羲之草書；三、《腫帖》王薈草書；四、《翁尊體帖》（《尊體安和帖》）王慈草書；五、《新月帖》王徽之行書；六、《廿九帖》王獻之行書；七、《王琰帖》（《在職帖》）王僧虔行書；八、《柏酒帖》王慈草書；九、《汝比帖》王慈草書；十、《一日無申帖》（《喉痛帖》）王志草書。

此卷在宋代已殘缺不全，原有書家如按《舊唐書》所記，應有廿八人（另作三十九人）；並歷經二次火災：明代無錫華中甫真賞齋火災；乾隆內府乾清宮大火。今卷上尚有火焚痕跡。卷後有南宋岳珂、元代張雨、明代文徵明、董其昌等人題跋，俱稱其鉤摹精到，「下真跡一等」。現藏遼寧省博物館。

啟功認為傳世九件唐摹王羲之帖勾摹最精是《萬歲通天帖》；朱彝尊說它「勾法精

「臨本」是大書法家臨寫，書法家有自己個性，也一定會在臨寫中不知不覺帶入自己書寫風格，會失去王羲之真跡風貌。以《蘭亭序》來說，歐陽詢、褚遂良的「臨本」多少都會流露出唐代書風，北京故宮被認為是唐弘文館搨書人馮承素所摹的「神龍本」就可能更忠實形似於原作。

唐武則天萬歲通天二年（六九七年），當朝宰相山東瑯琊的王方慶獻出他十一代祖王導，十代祖王羲之、王薈，九代祖王獻之、王徽之、王珣，一直到他曾祖父王褒，王家一門二十八人的墨跡珍本十卷給武則天。

武則天當時剛頒布了十三個新體漢字，例如「國」寫作「圀」，表示擁有「八方」，王方慶呈現給武則天的《萬歲通天帖》卷末的「上柱圀」、「開圀男」都用了新體字。

在唐太宗搜羅盡王氏法帖之後，武則天能得到這十卷書法真品，當然喜出望外。她為此特別在武成殿召集群臣，出示書法真跡，並且命中書令崔融作《寶章集》，記錄這件大事。

武則天雖然如此喜愛這件作品，卻沒有以帝王的權威將書法佔為己有，她命朝

妙，風神畢備，而用墨濃淡，不露纖痕，正如一筆獨寫。」

廷善書者以雙勾填墨法複製摹本，收藏於內府。把王方慶進呈的原件加以裝裱錦褙，重新賜還給王家，並囑咐王方慶——這是祖先手跡，後代子孫應當善加守護珍藏。

武則天這種作法與唐太宗千方百計要佔有《蘭亭序》的「蕭翼賺蘭亭」故事，心胸大為不同。竇泉因此為這件事作有〈述書賦〉，讚美武氏「順天矜而永保先業，從人欲而不顧兼金」。

收在內府的這十卷摹本歷經朝代變革，幾度經過大火災劫，到清末只剩一卷，保留了王羲之的《姨母帖》、王徽之的《新月帖》、王薈的《癤腫帖》、王獻之的《廿九帖》、王志的《一日無申帖》等書帖，目前收藏在遼寧博物館，稱為《萬歲通天帖》，一般都認為是瞭解王羲之一門書法最接近真跡風格的唐摹本。

姨母帖——哀痛摧剝

——活在一個生命一無價值的戰亂年代，無論活著的人，或死去的屍骸，都一樣被蹂躪踐踏。

現存的《萬歲通天帖》第一帖就是王羲之的《姨母帖》，——「羲之頓首，頃遘姨母哀，哀痛摧剝，情不自勝。奈何奈何。因反慘塞，不次。王羲之頓首頓首。」很簡短的一封信，扣除掉前後姓名敬語，總共只有十幾個字。——剛剛得知姨母死去的消息，非常哀痛，彷彿被摧毀剝裂的痛。無法承擔的痛苦，無可奈何啊！悲慘哽咽，不說了——王羲之的帖，對親人喪亡有痛苦，有感傷，有無可奈何的虛無悵惘。

如果姨母是自然的死亡，不知道他會不會用到「哀痛摧剝」這麼重的字眼。我有時把《姨母帖》與流傳到日本的《喪亂帖》以及《頻有哀禍帖》一起對讀，發現王羲之的帖呈現了一個遷徙流離的家族在戰亂裡對生命巨大的幻滅無常之感。

《喪亂帖》講到的是北方家鄉祖墳被刨挖，——「喪亂之極，

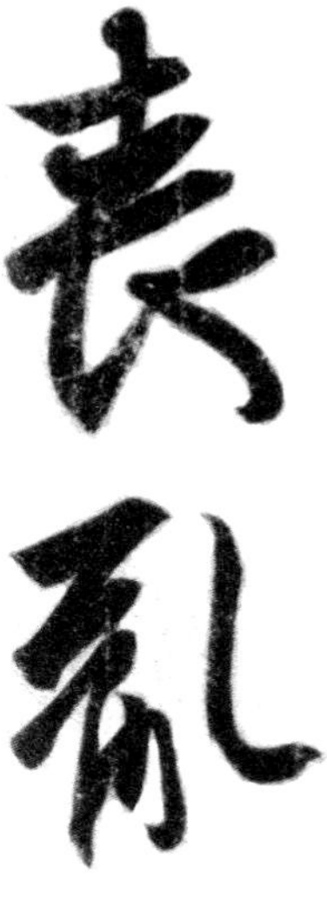

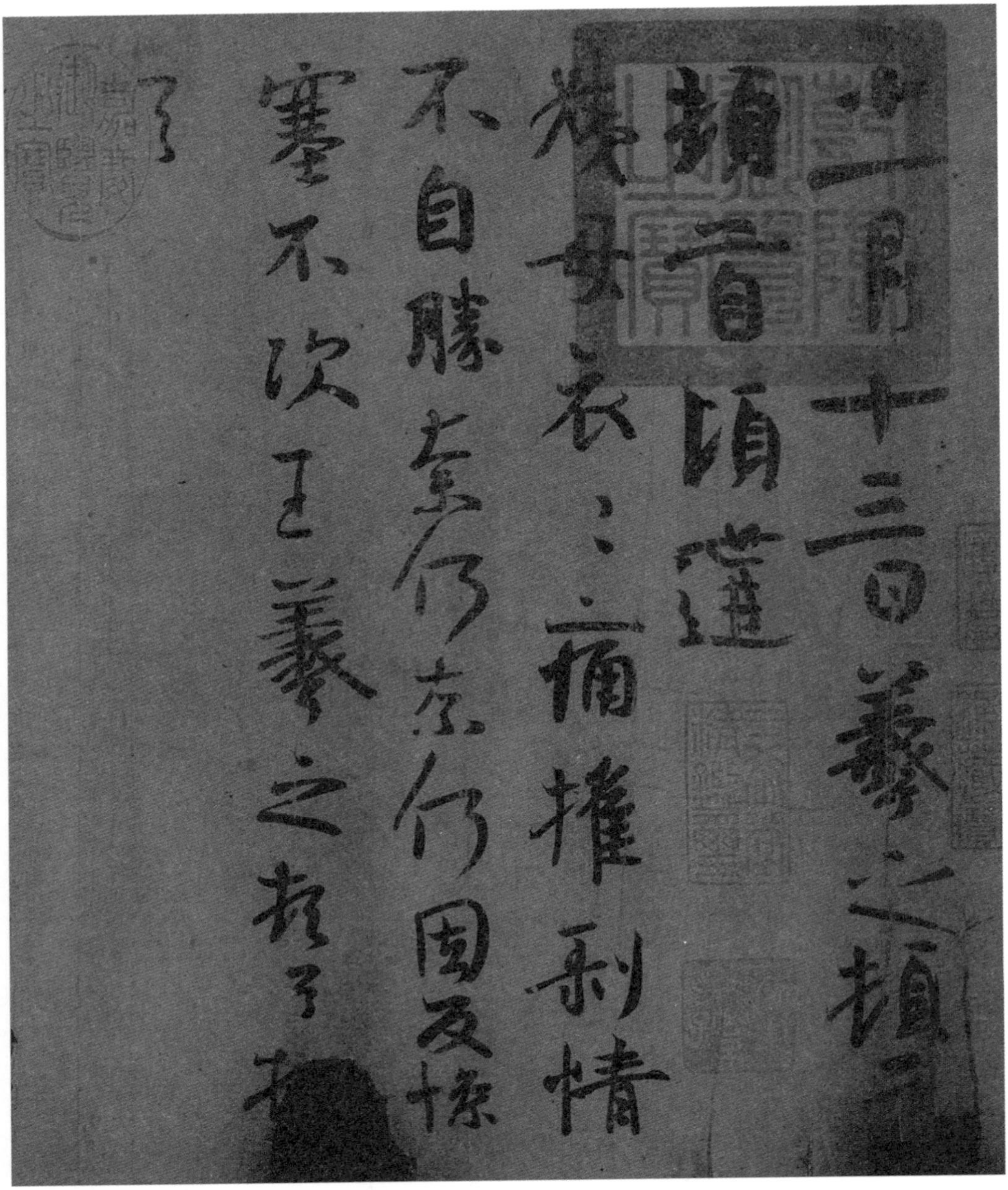

《姨母帖》
硬黃紙本。
縱長二六・三釐米，
橫五三・八釐米，
遼寧省博物館藏。

先墓再離荼毒。追惟酷甚，號慕摧絕，痛貫心肝，痛當奈何，奈何！」天下戰亂，生命價值淪喪衰亡到極點，祖先墳墓再一次被毀壞蹂躪。想到如此殘酷至極的事，痛哭嚎叫、摧毀絕望，痛到心肝彷彿被貫穿，但是，這麼痛，又能如何，無可奈何啊！——王羲之活在一個生命一無價值的戰亂年代，無論活著的人，或死去的屍骸，都一樣被蹂躪踐踏。

「姨母」的死亡，祖墳的被刨挖，簡短的書信背後是慘絕人寰的時代悲劇。一連串災難悲劇的事件，正是《頻有哀禍帖》裡書寫的「頻有哀禍，悲摧切割，不能自勝」，——不斷有哀禍傳來，悲哀、摧毀、身體被切割一樣地痛，不能承擔的痛，——王羲之用「摧剝」、「摧絕」、「痛貫心肝」、「切割」、「慘塞」這些具象又絕對的字眼形容自己對生命的傷痛，重複用「奈何、奈何」訴說心裡的虛無幻滅。童年從山東瑯琊流亡到南方，王羲之的「帖」透露著戰亂流離年代沉重又無力的一聲聲嘆息。

儒家的教養訓練要求節制情感，喜怒哀樂不能隨意宣洩，即使宣洩，也必須合於節制規則。因此傳統古文典範不常出現「痛貫心肝」這樣直接而具體的句子，王羲之《喪亂帖》裡的「痛貫心肝」卻使我想起江蕙〈酒後的心聲〉裡的「痛入心肝」，民間俚曲或許保留了更多「帖」裡鮮活的人性空間。

初月——卿佳不？

——人生矯情，但到了憂患，最本質的關心往往也只是一兩句平凡簡單的問候。

《萬歲通天帖》的第二帖是王羲之草書書寫的一封信，開頭是「初月」二字，因此被稱為《初月帖》。

初月十二日，山陰羲之報。
近欲遣此書，濟行無人，不辨遣信。
昨至此，且得去月十六日書。雖遠為慰，過囑，卿佳不？
吾諸患，殊劣殊劣。
方陟道憂悴，力不具。羲之報。

——正月十二日，王羲之在浙江山陰回信。
這封信寫好，要託人帶去。卻沒有人來往，信送不出去。
昨天才到山陰，收到你上個月十六日的信。
離別這麼遠，收到信，覺得安慰。太過牽掛了。

初月十二日山陰羲之
報近欲遣此書停
行無人不辦遣信昨
至此且得去月十六日
書雖遠為慰過囑

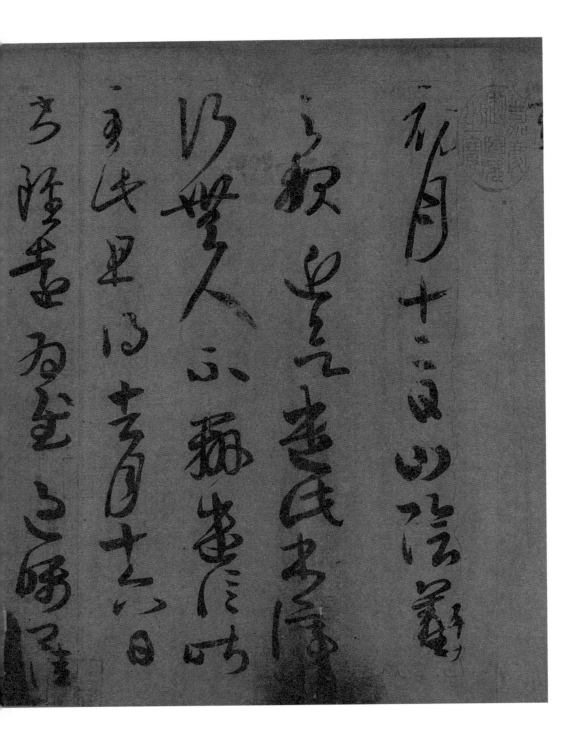

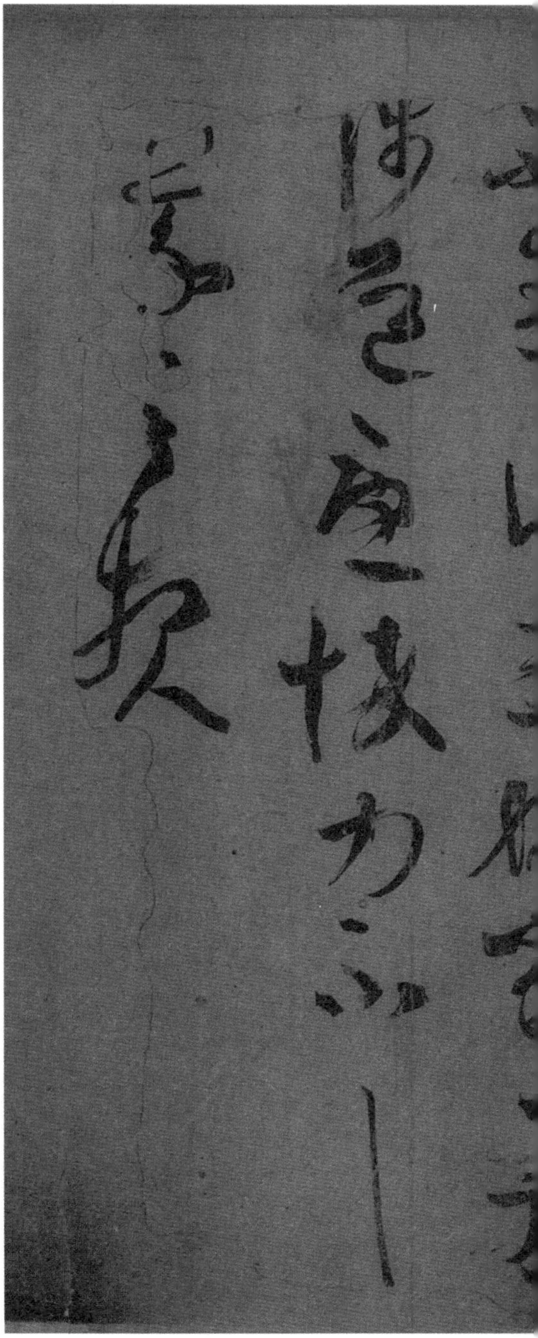

《初月帖》
遼寧省博物館藏。
王羲之父名「正」，為避父諱，因將「正月」書為「初月」。

你好嗎？

我太多憂患，真不好！真不好！

行旅道中，憂愁，心力交瘁。不寫了。羲之報告。

王羲之的「帖」如果不是只看書法，可能是非常貼近生活的文體。簡潔、乾淨、直接，與一般古文的修飾造詞大不相同。

寫信時的王羲之也與寫《蘭亭序》時的王羲之大不相同。

《蘭亭序》是完整的文章體例，有敘事，有寫景，有對人生現象的哲學議論。

《蘭亭序》可以看見作者對文字詞彙結構的鋪排，有一定的章法，遣詞造句講究，也有思維上的邏輯連貫。

王羲之的「帖」常常是回覆朋友的來信，像《初月帖》就很明顯。

因為是回信，兩個人之間對話的空間，很像今日簡訊往來，不但簡潔，也往往只在兩人之間可以理解。

《初月帖》裡的「過囑」只會在回信中出現。對方很關心王羲之，來信一定囑咐叮嚀了很多事，諸如「保重身體」、「路上小心安全」等等，王羲之回信才會有「過囑」——太讓對方牽掛了。覺得不安、感謝，覺得讓別人操心，因此有「過囑」兩個字。

我喜歡「帖」的文體裡這些簡單的敬語，文字簡單，沒有太多意思，卻人情厚重。在戰亂流離的年代，能夠說的也往往只是「卿佳不？」這樣一句簡單到

王羲之

王羲之（三〇三～三六一年），東晉書法家，字逸少，號澹齋，為南遷琅琊王氏貴胄，原籍琅琊臨沂（今屬山東），後遷居山陰（今浙江紹興），官至右軍將軍、會稽內史，人稱「王右軍」；於永和年間（三四五～三五六）稱病去職，與文友盡山水之遊。早年師承姨母衛夫人，後博采鍾繇、張芝諸家之長，其書多古雅醇美，唐張懷瓘《書斷》稱他「各精諸體，自成一家，千變萬化，得之神功。自非造化發靈，豈能登峰造極」，有「書聖」之譽，尤以行楷《蘭亭序》最具代表性。

其書法尺牘散見於唐臨諸法帖，《十七帖》，流落日本的《喪亂帖》、《孔侍中帖》等名品。亦為知名書家的梁武帝蕭衍評其書曰：「字勢雄逸，如龍跳天門，虎臥鳳闕。」又以愛鵝成癖出名。

王羲之的書法實踐，變當時流行的章草為今草、行書、楷書，是書體轉換的關鍵時期。據傳至唐太宗時，王羲之書跡尚有三千多卷，入宋時只得一百六十餘件，現僅近二十件摹本存世。

不能再簡單的問候。「卿佳不？」「卿佳否？」在今日的簡訊中變成「你好嗎？」仍然可能是最動人的句子。

「卿佳不？」使我想起小津安二郎的經典名作《早安》，人生矯情，但到了憂患，最本質的關心往往也只是一兩句平凡簡單的問候。

「吾諸患，殊劣！殊劣！」王羲之的「帖」也從來不遵守儒家的「勵志」典範。在親人不斷死亡，故鄉祖墳遭塗炭的諸多患難中，王羲之慨歎「奈何！奈何」；或者慨歎「殊劣！殊劣」，都不是虛偽的「勵志」，而是直接書寫真實的自己的心境。

「殊劣」不常在古文出現，「劣」在現代漢字中也還用，如「惡劣」。「劣」是「不好」，是「壞」。「殊劣」似乎是心情「太糟糕了！」

我讀《初月》，卻看「劣」很久，原來「劣」也只是「少力」，——無力感、疲倦，提不起勁，像「帖」的結尾常常是「力不次」「力不具」，大戰亂裡流離的聲音，生命信仰瓦解崩潰的聲音，沒有任何可以依恃的年代，一封信裡的「過囑」或「卿佳不？」大概是唯一可以傳遞的信仰吧。

「諸患」、「憂悴」筆法裡都是墨痕牽絲，連綿不斷，如淚閃爍。

癤腫帖　新月帖

輕重跌宕變化，彷佛呼吸，沒有一點急促。字與字，行與行的間距虛實留白，疏朗順暢，如行雲流水，毫不費力。看來平凡樸素，卻筆筆華麗，字字如珠玉，可見王氏家族子弟最好的教養與品格。

癤腫

——透過一張殘紙上的墨痕，一千六百年後，彷佛使我也感覺得了他的痛，肉體的痛，心靈的痛。

《萬歲通天帖》第三帖是王薈的《癤腫帖》。

王薈是王導的第六個兒子，也是最小的一個。他的字是「敬父」，小字「小奴」，他的哥哥王邵叫「大奴」。「小奴」聽起來特別像是父親對么兒的暱稱。魏晉人小名暱稱喜歡用「奴」，宋開國帝王劉裕叫「寄奴」，大富豪石崇叫「齊奴」，王獻之叫「官奴」，一直到唐代這習慣還保留，高宗李治小名是「雉奴」。

王薈官至鎮軍將軍，晉書有傳，但事蹟不多，他常被認為淡泊名利，「恬虛守靜，不競榮利」。

《世說新語．雅量》一篇有王薈跟哥哥王邵（大奴）在桓溫家，桓溫正下令誅殺收捕庾希一族。王薈覺得心裡忐忑不安，走來走去，很想離開。他的哥哥王邵卻坐著不動，一直等到收捕的官員衙役回來報告，事情處理完了，才從容告別離去。《世說》這一段在比較王邵、王薈兄弟器量的優劣，也讚美了王邵比弟弟更能遇事鎮定的氣度。

在連年征戰的時代，政治鬥爭如火如荼，桓溫、庾希的權力傾軋，殘酷無情。作為當時宰相世家王導的兒子，王邵、王薈大概都被訓練到要喜怒不輕易形於色，也把面對任何巨大事件都淡漠無情的反應作為世族子弟「雅量」的測驗吧。

我卻不以為王薈「雅量」不足，也許作為老么，被父母長輩寵愛的「小奴」，王薈更多一點人性的溫暖。他在殘酷政治鬥爭前的惴惴不安或許正是他沒有完全失喪人性本質的透露吧。

史書上也有一段記載特別說到王薈的善良慈悲——「時年飢粟，人多餓死，其以私米作稠粥，濟活甚眾。」饑荒年月，許多人餓死，王薈以私人的米熬粥賑濟，救活了很多人。

也因為史書上這一段故事，使我在看《萬歲通天帖》時特別注意到王薈的《癤腫帖》。

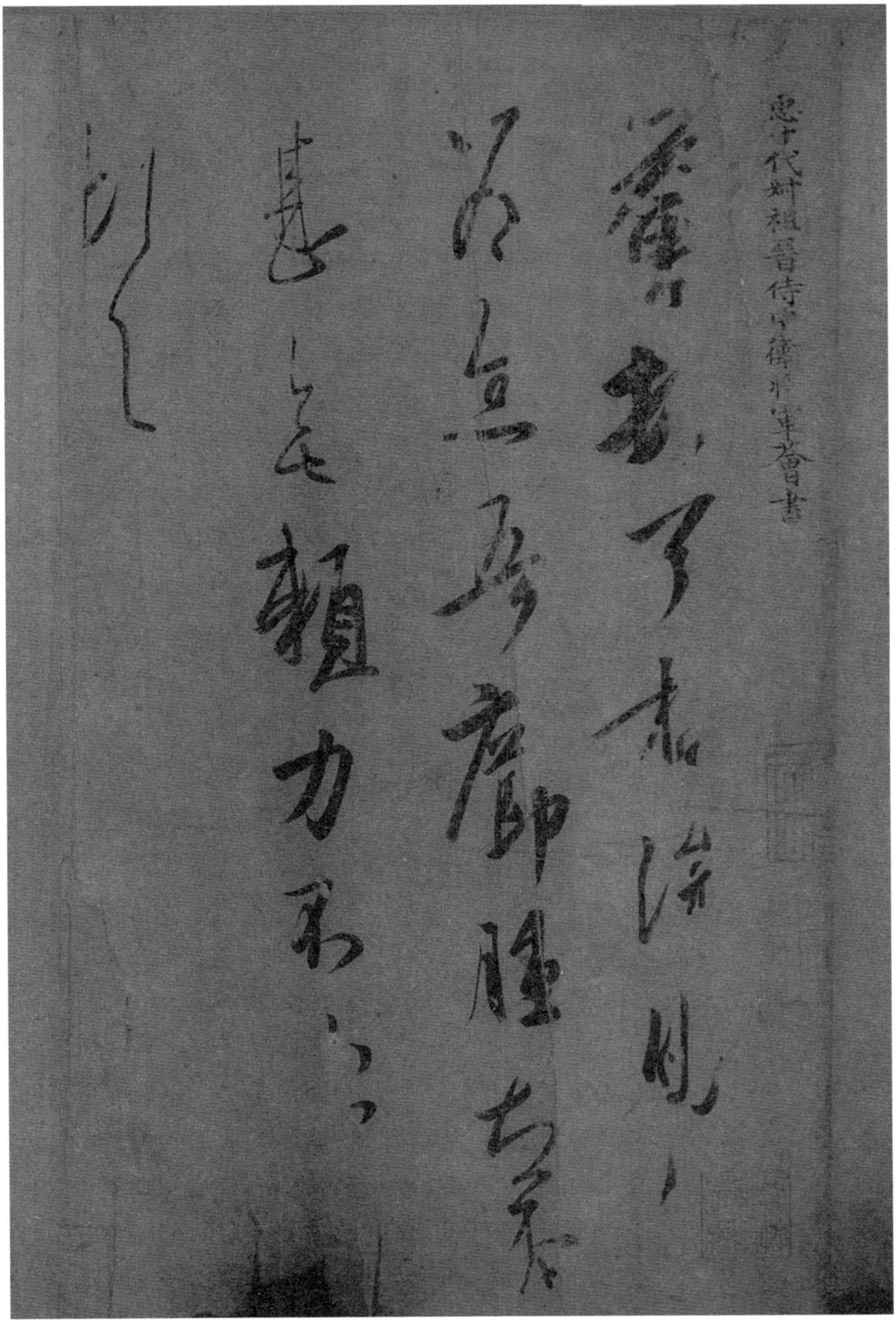

《癤腫帖》不長，只有二十三個字，但是殘破得太厲害，目前可以辨認的只剩下十五字左右。一開始是「薈頓首」，王薈敬上——與王羲之書帖的習慣一樣，是魏晉人寫信通用的敬語。第二行比較完整，「為念吾癤腫」，身上長了癤子，腫了。

第三行是「甚無賴，力不次」，這也是王羲之書信裡常用的辭彙。台北故宮的《何如帖》裡就有「中冷無賴」的句子。「無賴」在現代語言裡像是罵人的話，有點「流氓」的意思。東晉人說自己「無賴」是「百無聊賴」，什麼事都不想做。「中冷無賴」更是心中對一切都冷漠，提不起勁，「中冷」是心境荒涼，「無賴」是一切都沒有意思。

「比復何如？中冷無賴」

何如帖

王羲之《平安　何如　奉橘三帖》今僅傳摹本與刻本，摹本藏台北故宮博物院，三帖連裱為一幅，左下有鑑定簽署。

《何如帖》書體為行書，問候對方並告知自己近況。其中「復」字出現三次，體態盡皆不相同，於書法稱「得意忘形」。原文如下：

義之白，不審，尊體比復何如？遲復奉告，義之中冷無賴，尋復白。義之白。

《平安帖》書體為行書兼草書，文中所提「脩載」為義之堂兄弟。運筆提按頓挫變化較多，鉤、挑、轉折間有許細微巧麗的動作。原文：

此粗平安，脩載來十餘日，諸人近集存，想明日當復悉來，無由同，增慨。

《奉橘帖》亦行書，奉送友人橘子並附上此簡訊。字體大小有豐富變化。原文：

奉橘三百枚，霜未降，未可多得。

晉人書帖絕不是儒家的文以載道，在大戰亂與荒謬的政治屠殺之中，他們很直白地表示對生命失去了信仰的虛無與幻滅。

「力不次」也是王羲之書信常用的結尾——因為疲倦、無力感，「不想說了」。用「力不次」結尾，下面仍然是敬語「薈頓首」。

《癤腫帖》是我最常拿出來看的一帖。在殘破斑剝的紙上，墨痕如煙，筆勢線條從容自在，沒有太多技巧的賣弄做作，卻在平實裡透露了雍容與優雅。輕重跌宕變化，彷彿呼吸，沒有一點急促。字與字，行與行的間距虛實留白，疏朗順暢，如行雲流水，毫不費力。看來平凡樸素，卻筆筆華麗，字字如珠玉，可見王氏家族子弟最好的教養與品格。

那個在血淋淋政治鬥爭裡惴惴不安的王薈，那個在大饑荒的歲月裡煮粥救活眾人的王薈，身上長了癤腫，長了一個瘤，透過一張殘紙上的墨痕，一千六百年後，彷彿使我也感覺得了他的痛，肉體的痛，心靈的痛。

新月帖

——也許王徽之的率性，只是那雪夜行舟「乘興而來，興盡而返」的自我完成吧，看在他人眼中，或許都是荒誕不能理解的行徑。

《萬歲通天帖》裡有王徽之的《新月帖》。

王徽之是王羲之的第五個兒子，他和弟弟王獻之都常在《世說新語》出現。王徽之字子猷，王獻之字子敬。〈雅量〉一章說到一次失火，王徽之急忙走避，連木屐都忘了穿。而王獻之神色恬然，好像沒有事情發生。

《世說》產生在重視人品氣度的時代，也常常評比人處在危機異變時的反應。這一次火災，也許因為王獻之的「神色恬然」，反襯出了王徽之不夠鎮定的印象，《世說》甚至下了這樣的結論「世以此定二王神宇」。

《世說》同一個人在不同條列下其實有不同面貌，王徽之這一次失火時的慌張，卻在〈賞譽〉一章裡有了另一種面目。

王獻之寫信欣賞哥哥，說王徽之「蕭索寡會，遇酒則酣暢望返，乃自可矜。」

王徽之是孤獨不喜歡應酬的，但是一有酒，就喝得酣暢忘了回家。我喜歡獻之用來形容哥哥的四個字「乃自可矜」，「矜」像是自憐，又有點自負，是「獨酌無相親」的潔癖與浩大的落寞。

《世說》裡很多次比較徽之、獻之兄弟，都以獻之為優。但是〈品藻〉一章講到二人看《高士傳》，獻之欣賞「井丹高潔」，徽之覺得「未若長卿慢世」。「長卿」是司馬相如，王徽之稱賞他生命態度的「慢世」，「慢」可以是「傲慢」，也可以是「不在意」，王徽之對「慢世」的讚譽大概也透露了他內在世界的輕慢世俗吧！

徽之、獻之兄弟個性不同，感情卻特別好，《世說・傷逝》一段，講到兄弟兩人都病了，徽之先亡，獻之奔喪，在靈堂上撫弄徽之留下的琴，琴弦老調不好，獻之摔了琴，大痛叫道「子敬！子敬！人琴俱亡！」幾個月後獻之也病故。

《世說》〈任誕〉、〈簡傲〉兩章裡有好幾則關於王徽之的故事，瞭解王徽之，這幾段大概是最主要的資料。〈任誕〉一段講到他在雍州刺史郗恢家作客，看到一張珍貴的西域羊毛氈，徽之二話不說，也不跟主人報告，就叫人搬回家了。〈任誕〉自然講的是狂放荒誕不合世俗的行為。王徽之的個性在這一段故事中呼之欲出了。

〈任誕〉另一段是大家熟悉的，——王徽之借住別人的空屋，遍種竹子，別人提醒他這不是自己家，也住不久，不用那麼麻煩，王徽之指著竹子說了他的名句——何可一日無此君！

關於王徽之，傳誦最廣的故事是〈任誕〉中的「雪夜訪戴」——在山陰，一夜大雪，徽之醒了，開窗，喝酒，屋外一片雪白，吟誦了左思的〈招隱詩〉。忽然想念起在剡縣的好朋友戴安道，因此僱了小船，走了一整夜，天亮到了戴安道門前，他卻沒有進去，原船又回山陰了。跟從的人不解，徽之說：「乘興而來，興盡而返，何必見戴！」

小時候讀這一段不太能理解，也許王徽之的率性，只是那雪夜行舟的自我完成吧，「乘興而來，興盡而返」人生的自我完成，看在他人眼中，或許都是荒誕不能理解的行徑。

〈任誕〉另一段故事也可一讀——王徽之船泊沙渚，遇到吹笛聞名的桓子野在岸上。徽之說「聞君善吹笛，試為我一奏」。桓子野當時也做大官，聽說是王徽之，就在岸邊吹了三支曲子。吹完就走了，我喜歡故事最後一句——「客主

王徽之

王徽之（三三八？～三八六年），東晉琅邪臨沂（今屬山東）人，字子猷，東晉名士、書法家，王羲之第五子。曾歷任車騎參軍、大司馬、黃門侍郎。生性高傲，放誕不羈，對公務並不熱忱，時常東遊西逛，後來索性辭官退居山陰（今紹興）。性好竹，善書畫。有《承嫂病不減帖》、《新月帖》等傳世。徽之《新月帖》以行楷為主，揮灑自如，筆法多變，妍美流暢。宋《宣和書譜》評其書法「作字亦自韻勝」。

戴逵（？～三九六年），東晉學者、雕塑家和畫家，字安道，譙郡銍縣（今安徽濉溪臨渙）人，後徙會稽剡縣（今浙江嵊縣西南）。反對佛教果報說，著《釋疑論》，與名僧慧遠等辯論；終生不仕。擅畫人物（如《竹林七賢圖》、《高士圖》）、山水、走獸，又作有宗教畫並雕鑄佛像，亦擅琴。時人稱「詞美書精，器度巧絕」。

桓伊，字叔夏，小字子野（一作野王），東晉譙國縣（今安徽宿縣西）人，曾任淮南太

不交一言。」兩人除了笛聲，沒有多交談一句話。

也許要用「客主不交一言」的方式重新閱讀徽之的《新月帖》。

雨濕熱，復何似？

——《新月帖》像這個季節窗外一泓秋水，潺潺湲湲流去，聽到的人就記得那安靜的聲音。

二日告，□氏女新月哀，摧不自勝。奈何奈何！
念痛慕，不可任。得疏，知汝故異惡懸心。
雨濕熱，復何似？食不？
吾牽勞並頓，勿復。
數日還，汝比自護。力不具。徽之等書

《新月帖》很平實安靜沉穩，用筆沒有王獻之《鴨頭丸帖》如流雲舒卷的飛揚恣肆，甚至也沒有《癤腫帖》顧盼生姿佻達的神俊之美。

感覺上，徽之的《新月帖》似乎更遵守父親王羲之的靜穆雍容。

守、豫州刺史，善吹笛，號稱「江左第一」，有「笛聖」之稱，相傳所用竹笛是漢蔡邕的「柯亭笛」。亦有說琴曲《梅花三弄》即據其笛曲改編。

《新月帖》連文字也像王羲之——「摧不自勝，奈何，奈何」是王羲之帖裡一點也不陌生的句子。某某人家的女兒夭逝死亡，徽之寫信談到自己的心情——「念痛慕，不可任」彷彿不是對一個女子夭亡的悲哀，而是看到了生命本質上的虛幻，沒有什麼可以留住，沒有什麼可以依恃。

「異惡懸心」是那麼重的字句，好像被鬼魅噩夢糾纏，心懸在惶惶的空中，落實不下來。

「雨濕熱，復何似？」是我喜歡的句子，好像是春夏之交，南方梅雨濕熱，鬱悶滯塞，無法形容的沮喪難過。

「食不？」只是「吃了嗎？」這樣的詢問，只是生活裡降到最低的存活的詢問。

王徽之《新月帖》像十九世紀末波特萊爾的散文詩《巴黎的憂鬱》，也像屠格涅夫的小散文詩，文字平凡無奇，卻比造作刻意的「詩」更有詩的質素。

「吾牽勞並頓，勿復，數日還。」旅途流浪中困頓勞累，不用回信，幾天就回去了。

「汝比自護」大家多保重，照顧好自己。連最後的「力不具」都和王羲之一

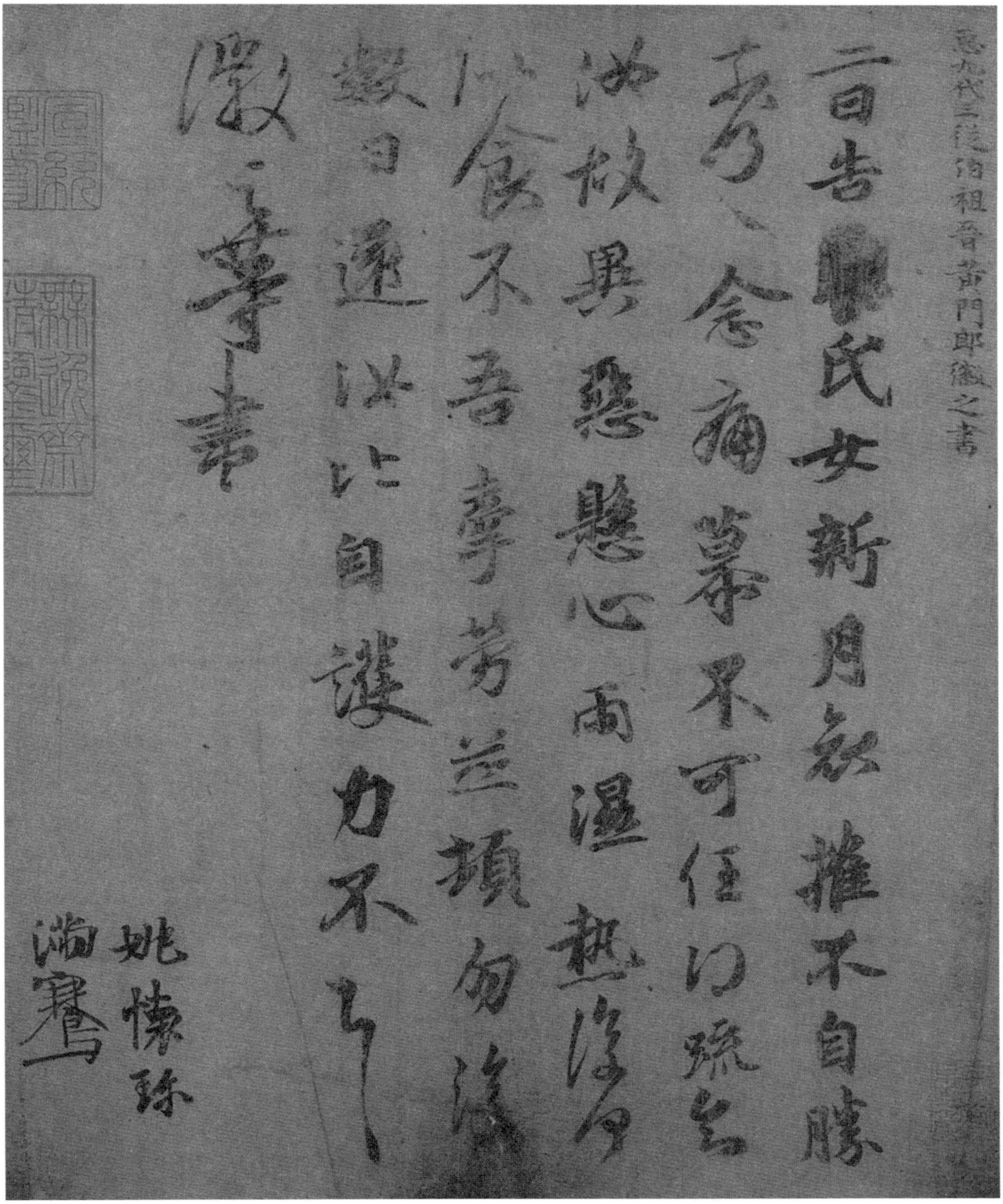
右九代三從伯祖晉黃門郎徽之書

二日告[illegible]氏女新月哀摧不自勝
哀〻念痛慕不可任得疏知
汝故異惡懸〻心雨濕熱復何
似食不吾牽勞並頓勿復
數日還汝比自護力不一〻
徽之等書

姚懷珍
滿騫

樣，不想一一多說了。

《新月帖》像這個季節窗外一泓秋水，潺潺湲湲流去，聽到的人就記得那安靜的聲音。

廿九帖　栢酒帖　一日無申帖

一個家族，能夠在這樣的亂世，通過一切人性的敗壞，仍然相信文化是長久可以傳承的理想，相信手寫的墨跡斑斑可以傳遞美的生命信念，《萬歲通天帖》的存在，彷彿是在為「美」作最後的見證。

美，通過朝代興亡

——王氏一族，人才輩出，可以在如此長的數百年間傳承書法，沒有中斷，或許是閱讀《萬歲通天帖》時特別應該注意的問題。

現藏遼寧博物館的《萬歲通天帖》已不完全，此帖卷末有宋代岳珂的跋文，岳珂提到最初王方慶呈獻給武則天的家族墨寶一共有十卷，包含王導以下王氏家族一共二十八個人的墨跡。岳珂也特別詳細記錄在宋代就已經佚失的部分，其中包括有十一代祖王導，十代祖王洽，九代祖王珣，八代祖王曇首，七代祖王僧綽，六代祖王仲寶，五代祖王騫，以及王方慶的高祖王規、曾祖王褒，一共九代九個人的作品。

從岳珂的跋文來看，《萬歲通天帖》的價值不只在其中有赫赫有名的王羲之、王獻之的墨寶，更值得重視的應該是《萬歲通天帖》完整呈現了王氏家族從東晉通過宋、齊、梁、陳、隋，一直到入唐將近三、四百年間書法風格的演變。王氏一族，人才輩出，可以在如此長的數百年間傳承書法，沒有中斷，或許是閱讀《萬歲通天帖》時特別應該注意的問題。

東晉至隋唐統一，經歷三百多年南北朝分裂。南北朝不只是「五胡亂華」，數百年間，烽煙四起，人命如草，生靈塗炭，正是流離顛沛的年代。在那一時期，朝代興亡，野心政客彼此爭鬥，政權迭起，時間都不長久。像蕭道成建立的南齊，國祚僅僅二十二年。可以想見那個狼子野心爭霸鬥勝的年代，信仰道德如何徹底被貶抑嘲笑。一個家族，能夠在這樣的亂世，通過一切人性的敗壞，仍然相信文化是長久可以傳承的理想，相信手寫的墨跡斑斑可以傳遞美的生命信念，《萬歲通天帖》的存在，彷彿是在為「美」作最後的見證。

王氏家族在永嘉之亂（三一一年）遭遇國破家亡，從北方向南逃難時，房宅、田產，甚至連親人，一切貴重之物都帶不走，據說王導渡江時，袖子中放了一卷鍾繇的《宣示帖》。書法史上津津樂道這一件故事，以為王氏家族重視書法的證明。但是，王導珍藏在袖子中的，或許並不只是一卷書法名作，而是在大

「衣冠南渡，五胡亂華」

永嘉之亂

西晉自惠帝以降，亂象環生，八王之亂，同室操戈；加以天災頻仍，流民遍地，聚寇暴動，以致全國靡爛，百姓喪亡無數。同時由於北方諸胡在入塞後長期遭受中原官民欺凌，遂乘機反抗，陸續建立數十個非漢族國家而與中原對峙，史稱「五胡亂華」。「五胡」指匈奴、鮮卑、羯、羌、氐五個游牧部盟，以并州（山西）匈奴酋帥劉淵為主，淵於三〇四年自立為漢王；氐族領袖李雄亦自稱成都王，後稱成漢。永嘉二年劉淵（三〇八年）稱帝，史稱漢趙。山西、河北諸胡以及漢族群盜，紛紛歸附，不數月間，眾至十萬，勢力迅速擴大。淵死後，子劉聰繼續攻逼洛陽。此時晉朝內鬨仍未停止，東海王越弒惠帝，立懷帝司馬熾，年號永嘉（西元三〇七～三一三年）。永嘉五年（三一一年）劉聰陷洛

亂來時胸懷著自己心中篤定的文化信仰吧。

王羲之在《喪亂帖》說的「喪亂之極」並不只是人仰馬翻的戰亂表象，而是一個時代喪亂到可以刨挖他人祖墳，可以屍骸滿街丟棄，可以隨意踐踏蹧蹋生命。王羲之「號慕摧絕」，是因為看到人性被徹底摧殘。王羲之「痛貫心肝」，是對生命價值徹底的幻滅。面對人性信仰全盤的崩潰瓦解，他不斷用「奈何，奈何」訴說自己絕望無助的傷痛悲哀。

然而，在那樣的年代，一個家族擔負起了穩定南方的責任，從王導輔佐東晉王室建國，到下一代，下下一代，在偏安的歲月，可以受到良好的教育，可以吟誦詩書，可以走在雲淡風輕的山水中，可以與親友徜徉周旋，可以書信往返，可以寫出優雅安靜的心事，可以相信文化的力量更大過於政權，可以通過一次一次朝代興亡，相信有更長久的東西，因此傳承著沒有中斷的文化理想，傳承著生命價值篤定的信念，傳承著美，傳承著生命之愛。

閱讀已經殘缺不全的《萬歲通天帖》，或許可以對一部顛沛流離的魏晉南北朝的歷史有更深刻的領悟。

陽，縱兵燒掠，戮王公士民三萬餘人，掘陵墓，毀宮殿，並擄懷帝而殺之，史稱「永嘉之亂」。

懷帝姪子愍帝隨即在長安即位。劉聰遣劉曜進攻關中，三一六年長安城破，愍帝投降，西晉亡。

永嘉亂後，晉朝中樞備感內外威脅，建武年間，元帝率臣民南渡長江中下游，遷都建康，肇建東晉。這也是中原漢人首次大規模南遷，但由於南遷者以巨室富戶為主，故有「衣冠南渡」之謂。

王獻之《廿九帖》

——王獻之的創新性，當代的謝安不瞭解，三百年後的唐太宗也不瞭解……

《萬歲通天帖》裡有王獻之的《廿九帖》，——「廿九日，獻之白。昨遂不奉別，悵恨。深體中復，何如。弟甚頓，匆匆，不具。獻之再拜。」

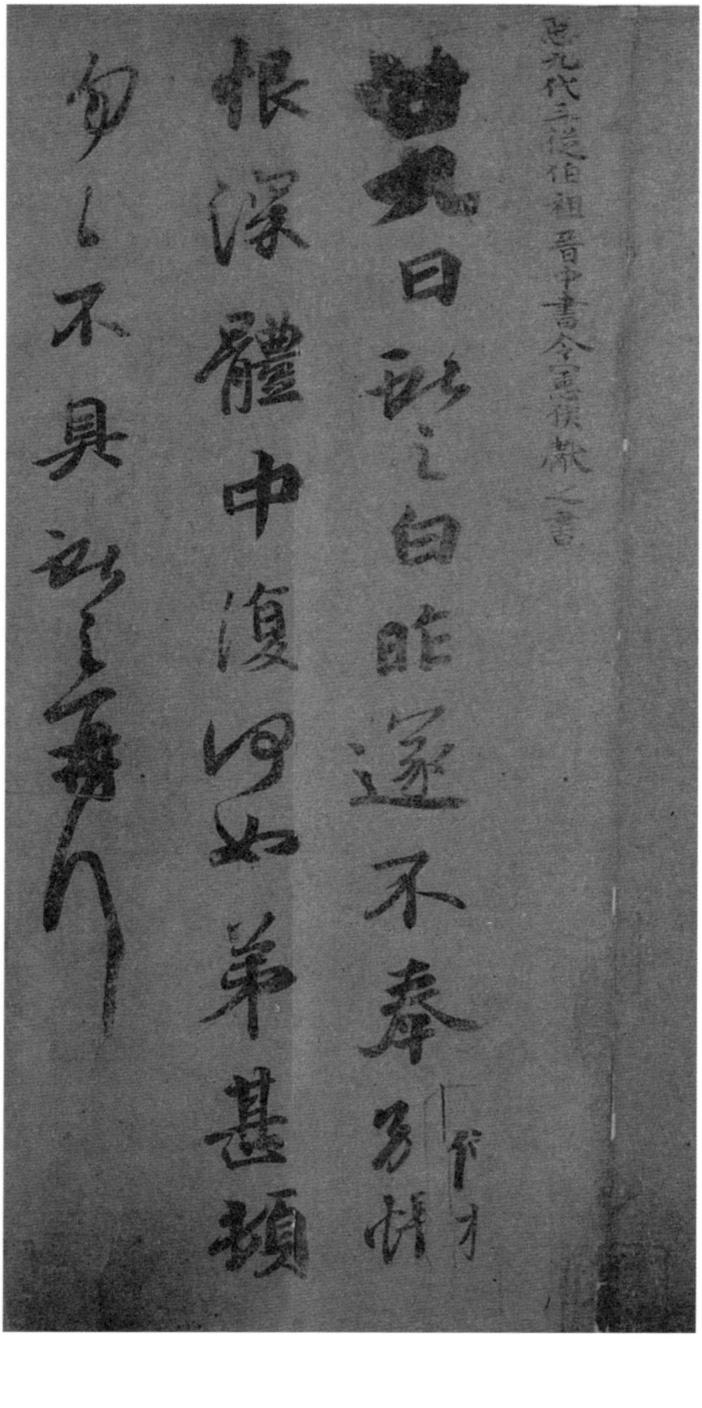

《廿九帖》
硬黃紙，唐摹本，
縱二十六釐米，
橫十一釐米，
遼寧省博物館藏。
為《萬歲通天帖》第六帖。也
稱《廿九日帖》。集楷、行、
草三種書體於一幅，自在抒
懷。

王獻之的書法歷來就常拿來與他的父親王羲之比較，作為一代書聖的下一代，在書法上的表現，一方面不能不受父親影響，另一方面，又必須從前人陰影中走出，創立自我風格，大創作者的第二代因此都有不足為外人道的辛苦。

《萬歲通天帖》裡有王羲之五子王徽之的《新月帖》，書體與王羲之非常接近，在書法史上，王徽之也不被認為是有獨創風格的大書法家。

其實以《廿九帖》來觀察，王獻之的書風也還沒有完全擺脫父親影響，安靜平和，筆勢平穩內斂，不像書法史上說的那樣飛揚。

魏晉人喜歡品評人物高下，在《世說新語．品藻》一章有極好的記載——謝安問王獻之：你的書法跟父親比，哪一個好？王獻之回答：「固當不同。」謝安繼續逼問：外人好像不這樣看。王獻之說：「外人哪得知！」

王獻之的回答完全合於現代美學藝術創作的自我完成。本來父子創作，個人有個人的風格，也難以比高下。王獻之不願意比較自己與父親書法優劣，只是說：「不同」，但是當謝安用輿論逼問，抬出「外人」來貶抑王獻之時，王獻之就不客氣地回答：「外人哪得知！」王獻之對自己的創作充滿自信，認為藝

「無一點塵土氣，無一分桎梏束縛」

王獻之

王獻之（三四四～三八六年），字子敬，東晉琅琊臨沂人，書法家、詩人，祖籍山東臨沂，生於會稽（今浙江紹興），王羲之第七子。享年四十三歲。王獻之幼從父學書，兼取張芝。書法眾體皆精，尤以行、草名世，別創一格，不為其父所囿，影響魏晉以後的今楷、今草，草意「一筆書」代表作《中秋帖》更列為清內府「三希」之一。獻之楷書以《洛神賦十三行》為代表，行書則以《鴨頭丸帖》最著。在書法史上被譽為「小聖」，與其父並稱「二王」。曾任州主簿、祕書郎、祕書丞、長史、吳興太守等職；成為簡文帝駙馬後，又升任中書令，世稱「大令」，但政績一般，遠不若書名顯赫。但唐時由於太宗揚羲之而抑獻之，也致使其作品未能大量留存。

術創作到了高深處，「外行人」哪裡能懂。也藉此把謝安這一類政治人物的粗暴主觀一句話頂了回去。

像謝安一樣習慣用第一名第二名的排序來看藝術創作的人當然不少，唐太宗也是其中之一，他們習慣了政治圈的爭強鬥勝，習慣用非贏即輸來看待人生，在美學寬容的領域往往就捉襟見肘，少了坦蕩自在，也少了寬闊豁達。

王羲之古典、淨穆、收斂，以楷行為主，從容瀟灑；王獻之的《鴨頭丸帖》、《新婦地黃湯帖》，米芾臨的《中秋帖》都看到他完全不同於父親的風格，筆勢變化更多，線條流走速度更快，以行書走向狂草，更多書寫上的自由，創立書法史上的「一筆書」，打破獨立的字的結體，更重視字與字之間氣的流動貫通，王獻之的創新性，當代的謝安不瞭解，三百年後的唐太宗也不瞭解。

唐太宗極力讚揚王羲之，貶抑王獻之，並沒有一定的道理，他全力搜求王羲之作品，好像是看重美，卻流傳出「蕭翼賺蘭亭」這樣以詐騙手段霸佔蘭亭的可笑故事，愛美，結果演變成貪婪，其實可悲。

手上有權力，權力卻常常正是執著偏見的開始，也使唐太宗無法同時看到王羲之、王獻之的「不同」，「不同」正是美學可貴之處，「美」其實不是辯論，勿寧更是一種領悟，一種陶醉，一種歡喜與讚嘆。

王獻之被唐太宗貶抑，影響初唐一代書法界對獻之書的態度，一直到盛中唐，狂草的出現明顯祖述王獻之書風，走向更個人表現，更浪漫、更自由揮灑、更恣肆狂放的書風，王獻之的美學風格也在長期被忽略之後，在北宋得到了米芾這一真正的知音。

書法史上常常說王羲之「內擫」，王獻之「外拓」，很精簡的兩個美學詞彙，但說得真好。「內擫」是向內收斂，以含蓄為美；「外拓」是向外開展，以奔放為美，兩種風格，並無優劣，的確只是「不同」。

王慈、王志

——年輕一代的子侄，有一種富裕從容，可以這樣瀟灑自在，隨心所欲，活出他們的嚮往，活出他們的自我。

《萬歲通天帖》最後收錄的王慈、王志的書帖，時間已經到了齊、梁之間，一百年過去，東晉王羲之的書風逐漸被後起的王獻之的新書法美學取代，王慈的《栢酒帖》、《尊體安和帖》，王志的《一日無申帖》，筆勢外拓開張，線條飛動揚逸，明顯是從獻之的書風發展出來的新美學，縱肆狂放，意氣風發，俊逸灑脫，彷彿顧盼都是深情，與王羲之的靜穆內斂已截然不同。

蕭梁時代陶弘景有一次跟梁武帝討論書法就說道：「比世皆高尚子敬（獻之），不復有元常（鍾繇）、逸少（羲之）亦然。」陶弘景透露了一個時代書風的改變，大家都崇尚遵奉王獻之，不再重視魏的鍾繇，王羲之也過時了。陶弘景這一段話也並不是品評優劣，只是陳述時代美學演變的真實現象。

《萬歲通天帖》裡王慈、王志的書法作為卷末，恰好印證了陶弘景的論述。

王慈、王志是親兄弟，都是王僧虔的兒子。《萬歲通天帖》裡也收有王僧虔的一幅短小的書牒，因為是呈奏給朝廷的公文，字體恭正，但是唐代張懷瓘的

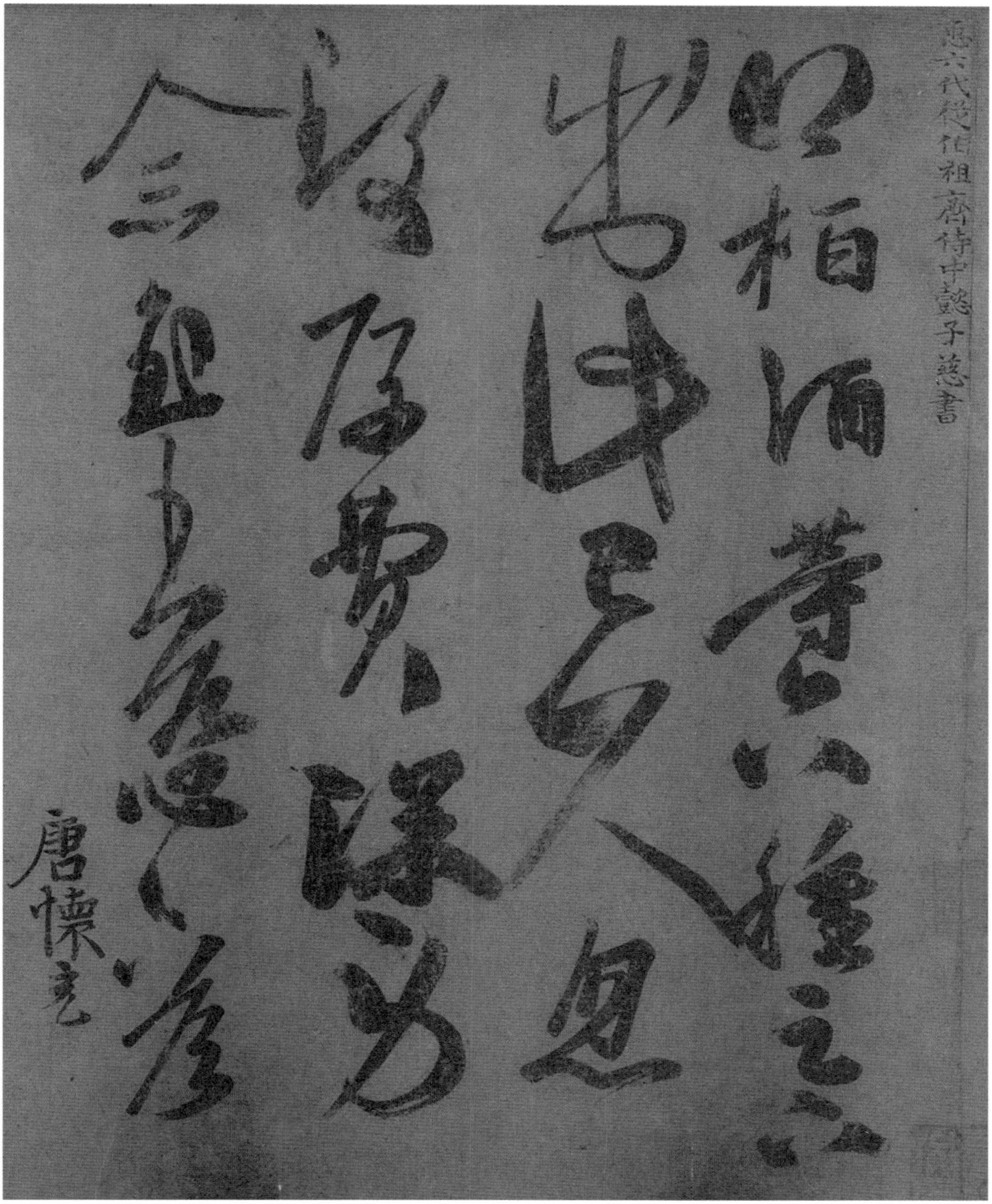
唐懷素

《書斷》裡也說僧虔書法祖述王獻之。

王慈卒年在南齊永明九年（四九一年），《南齊書·列傳廿七》有王慈的傳，提到他八歲時，江夏王給了他一堆寶物，讓他隨意拿，王慈只選了一張素琴，一塊石硯。王慈一直在官場任職，做到侍中，他的腳不好，梁世祖蕭頤特別准許他在皇帝車駕後乘車，他的兒子王閼後來就娶了世祖的長女吳縣公主。

《栢酒帖》用筆大膽，看《萬歲通天帖》看到這裡，眼睛一亮，好像忽然打破了拘謹，釋放了個人的情緒愛恨，有一種神態的俊傲。

得栢酒等六種，足下出此已久，忽致厚賚，深勞念慰，王慈具答。

習慣了王羲之書風的安靜穩定，《栢酒帖》忽然彷彿有一種可以撒野的快樂，王慈是羲之第五代族孫，南朝偏安一百年，在南方長久穩定的家族，年輕一代的子侄，有一種富裕從容，可以這樣瀟灑自在，隨心所欲，活出他們的嚮往，活出他們的自我。

《一日無申帖》是《萬歲通天帖》的壓軸之作，比起王慈的書法，弟弟王志更

「寬閑墨妙，逸速毫奮」

王慈，王志

王慈（四五一～四九一年），字伯寶，臨沂（今山東臨沂）人，南齊名書家王僧虔子，善隸、行書。據考《萬歲通天帖》中無款的《尊体安和帖》、《汝比帖》亦為王慈書。

王志（四六〇～五一三），字次道，王慈弟。尚宋孝武帝女安固公主，拜駙馬都尉。梁初官散騎常侍、中書令，累官至散騎常侍、金紫光祿大夫。卒謚安。善草、隸，當時更以為楷法。唐《述書賦》卷上稱志云：「纖薄無滯，過庭益俊。並能寬閑墨妙，逸速毫奮。」《一日無申帖》又名《喉痛帖》。原文：

一日，無申衹□正屬雨氣方昏，得告，深慰。吾夜來患喉痛，憒憒！何□晚當，故造遲敘。諸惟□不□。

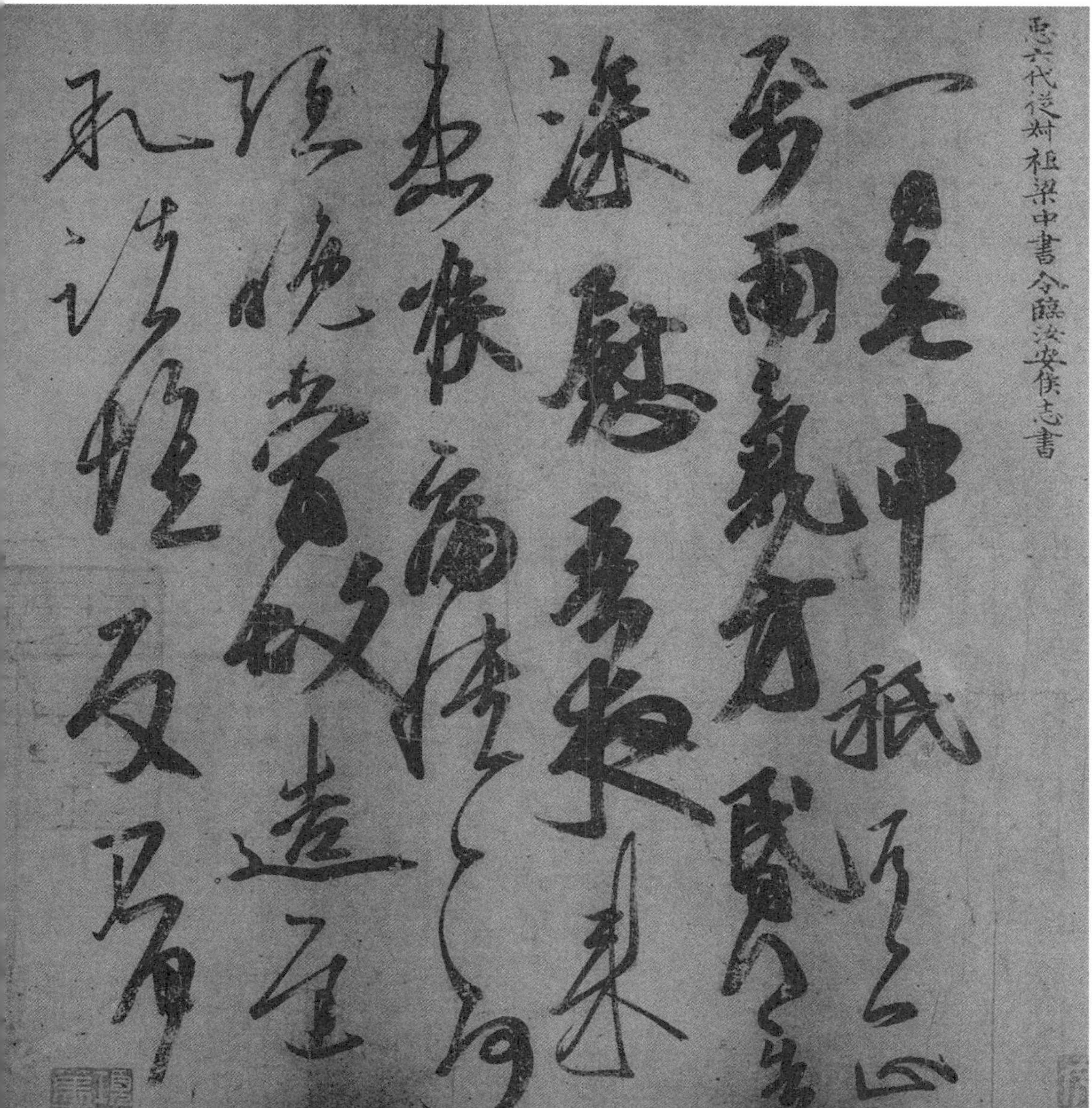
六代從姪祖梁中書令臨汝安侯志書

緊斂俊挺，短短一篇書帖，像一瓣一瓣花片綻放，燦爛奪目，他從王獻之得到鼓勵，可以更揮灑出生命的青春之美了。

冬日寒涼，拿出《一日無申帖》會特別細讀幾行字——「正屬雨氣方昏，得告，深慰。」字與字間許多牽絲連貫，是獻之「一筆書」的精神。

「吾夜來患喉痛，憒憒！」八個字，線條的爽利速度，變化萬千，彷彿千百年前身體上的痛，心境的喟嘆，都在紙墨中。

第三輯

十七帖

王羲之《十七帖》（又名《郗司馬帖》）與《逸民帖》（局部）。宋刻本。

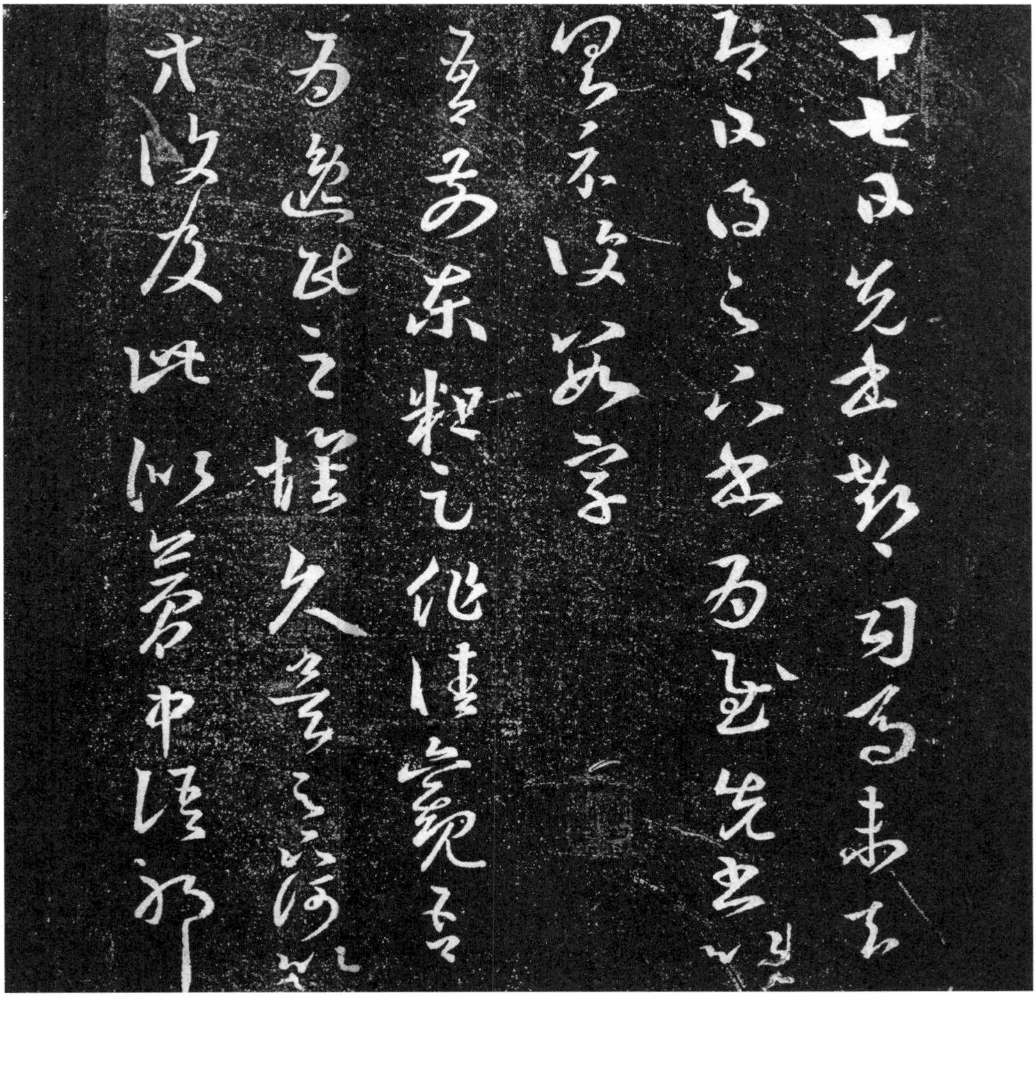

周撫

王羲之給周撫的信多是草書，有漢代章草的意味，二人書體自有默契。優美灑脱自在的書法，談的都是家常平凡小事，一問一答，十分親切，反覆閱讀，書風文體都有韻味。入秋以來，每日細讀一帖，如讀秋光。

《十七帖》在宋代刊刻時，收有二十八件王羲之的信。其中包括《遠宦帖》在內，大多是寫給當時在四川做益州刺史的周撫的，算一算，超過二十封信。

《十七帖》第一帖是——「十七日先書，郗司馬未去，即日得足下書為慰。先書以具示，復數字。」這就是王羲之寫給周撫的短信，——十七日王羲之已經寫了信給周撫，託他的妻舅郗曇帶去，郗曇還沒出發，王羲之又收到周撫的信，可見他們書信往來很頻繁。因為王羲之前一封信已經一一回答了周撫的問題，因此這一封信只寫了簡短的幾個字。這封信開頭有「十七」兩個字，因此被稱為《十七帖》，成為王羲之摹刻法帖名稱的來源。

《十七帖》唐代摹刻時並沒有那麼多件，我懷疑有可能是唐太宗完整蒐集到當時留在蜀地的一批王羲之寫給周撫的信。南北朝三百年，中原戰亂，四川相對

「力屈萬夫，韻高千古」

十七帖

《十七帖》是王羲之草書代表作之一，沖融典雅，飄逸渾古，因卷首「十七」二字名之。原墨跡早佚，現傳世者為刻本，共錄：郗司馬、逸民、龍保、絲布衣、積雪凝寒、服食、知足下、瞻近、天鼠膏、朱處仁、邛竹、蜀都、鹽井、省別、都邑、嚴君平、胡母從妹、兒女、譙周、漢時、諸從、成都城池、旃罽、藥草、來禽、胡桃、清晏、虞安吉等廿八帖。其中部分手帖有摹本傳世，如《遠宦帖》等。唐張彥遠《法書要錄》載有《十七帖》原墨跡情況：「貞觀中內本也，一百七行，九百四十三字。是煊赫著名帖也。太宗皇帝購求二王書，大王書有三千紙，率以一丈二尺為卷（《十七帖》即其中一卷），

是比較安定的，王羲之的信帖也可能在周撫家族手上保留得比較齊全。唐代張彥遠《法書要錄》的《十七帖》後來增補加入了六帖，合成了總共二十八件的王羲之《十七帖》。

周撫在四川做了三十多年的地方官，王羲之對沒有去過的蜀地很有興趣，充滿好奇。《十七帖》中有好幾封信是詢問周撫關於四川的山川景物文化產業等等。

《成都城池帖》問的是成都城門城牆是不是秦代古蹟——「往在都，見諸葛顒，曾具問蜀中事。云：成都城池門屋樓觀，皆是秦時司馬錯所修，令人遠想慨然。為爾不？信具示。為欲廣異聞。」王羲之聽說遠在四川的成都還保留了秦代的城池建築，他對這麼古老有歷史的建築很是嚮往，特別問周撫是不是真的，很想增廣異聞。

對於蜀地的文化人物歷史的嚮往還表現在《十七帖》的《嚴君平帖》中——「嚴君平、司馬相如、揚子雲皆有後不？」很短的一封信，問起漢代蜀地一些歷史名人，很想知道他們在四川還有沒有後代。

另外一封《漢時帖》問的是四川漢代的「講堂」——「知有漢時講堂在，是漢

取其書跡與言語以類相從綴成卷。」略與今傳本帖數與字數相異。唐宋以來，《十七帖》始終是草書的師法標竿，被奉為「書中之龍」；宋蘇軾，元康里子山，明胡正、項元汴、董其昌、王鐸等家皆有摹作。此帖據考多為王羲之寫給友人益州刺史周撫（二九三～三六五年）的書信，書寫時間從永和三年到升平五年（西元三四七～三六一年）間，歷十四年之久，信中表達了羲之對西土山川奇勝的嚮往；是研究王羲之生平和書法發展的重要資料。

何帝時立此？知畫三皇五帝以來備有，畫又精妙，甚可觀也。彼有能畫者不？欲因摹取，當可得不？信具告。」王羲之對四川漢代留下來的講堂很好奇，想知道是漢代哪一位皇帝設立的。又聽說講堂裡有三皇五帝以來帝王聖賢畫像，畫得很精妙，因此問周撫：有沒有人能臨摹，畫下來，寄給他看。

蜀地的文化歷史常在王羲之嚮往中，蜀地的山川自然之奇也讓他心馳，《蜀都帖》裡談到他看了周撫對蜀地山水的描述，覺得比揚雄〈蜀都賦〉、左思〈三都賦〉都還詳盡。因此與周撫約定要一遊蜀地，「登汶嶺、峨眉而旋，實不朽之盛事。但言此，心以馳於彼矣！」只是構想，還沒有行動，已經心魂飛馳到四川了。

王羲之對四川特有的「鹽井、火井」也充滿興趣，《鹽井帖》中問周撫——

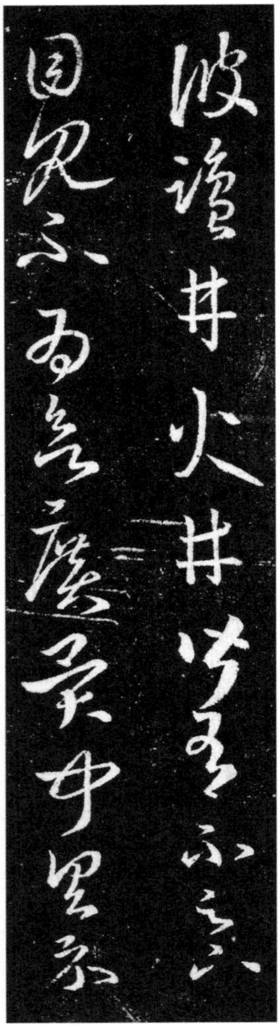

「彼鹽井、火井皆有不？足下目見不？為欲廣異聞，具示！」看來王羲之並不是只讀死書的書呆子，他問周撫有沒有親眼看到自然氣燃燒的鹽井、火井，要周撫詳細告訴他真實情況，很有實證的精神。

周撫也常寄送蜀地的特別物產給王羲之，有一次寄的是邛竹手杖，王羲之回信致謝——「去夏，得足下致邛竹杖，皆至。此士人多有尊老者，皆即分布，令知足下遠惠之至。」王羲之把四川土產邛竹手杖分給年紀大的老者，也讓大家知道周撫遠方捎來的好意。周撫送邛竹杖的事王羲之還在另一封信中提到，——「周益州送此邛竹杖，卿尊長或須今送。」這是他為了分送竹杖寫的短簡了。

王羲之給周撫的信多是草書，有漢代章草的意味，二人書體自有默契。優美灑脫自在的書法，談的內容都是家常平凡小事，一問一答，十分親切，反覆閱讀，書風文體都有韻味。入秋以來，每日細讀一帖，如讀秋光。

旃罽帖

因為這秋季的風，因為風行走在河面上一波一波光的足跡。因為潮來潮去。我看《旃罽帖》，好像秋日晴空一絲流雲，可牽可掛，可捲舒可伸展，也可以散到無影無蹤，只是我自己記憶裡的一點執著。

《旃罽帖》在《十七帖》和後來刊刻的《淳化閣帖》裡都有，——「得足下旃罽、胡桃，藥二種。知足下至。」周撫送來了四川土產「旃罽」、「胡桃」、兩種「藥」，王羲之收到禮物，回覆周撫的一封信。

「旃罽」，是一種赤紅色的毛毯，「罽」這個字《紅樓夢》裡用得很多，家裡擺設常常鋪「罽」，像是戲劇舞台上用的紅毯，也鋪在床榻椅子上，用以保暖或裝飾。周撫在四川，他送王羲之的「旃罽」應該是四川土產。或許是羊毛或犛牛毛的材料。

跟紅毛毯一起送來的還有胡桃，和兩種藥。因為蜀地特殊的地形，山裡有不少特殊植物、礦物，好像至今漢藥藥材也還以蜀地或藏地出產為優。

信的第二段講到四川宜賓產的「戎鹽」。「戎鹽乃要也，是服食所須。知足下

得足下旃罽胡桃藥二種知
足下至戎鹽乃要也是服食所須
知足下謂須服食方回
近之未許吾此志知我者希
此有成言無緣見
卿以當一笑

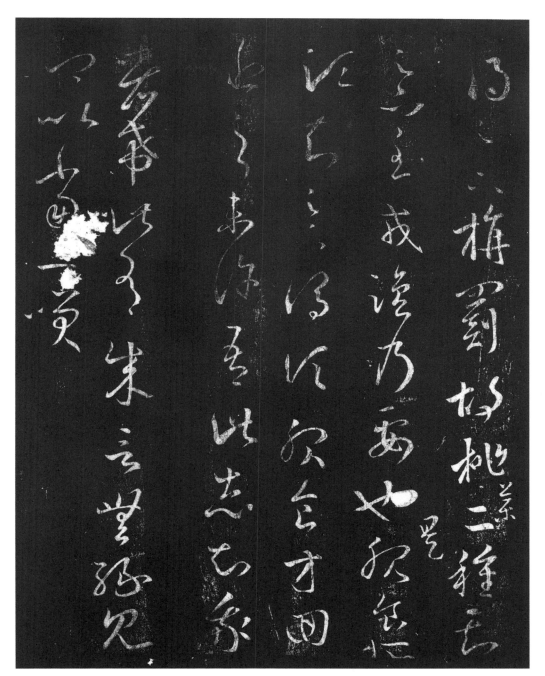

謂須服食。」「戎鹽」常見漢藥典籍，《本草綱目》裡也稱「胡鹽」、「青鹽」，可以瀉血熱，通便。

「戎鹽」是含氯化鈉的礦物，結晶體。它是漢藥，卻也是古代道家煉丹的材料，《抱朴子》和《酉陽雜俎》談道家煉丹都談到「戎鹽」。因此王羲之在《旃罽帖》信裡談到的「服食」不是在談治病的「藥」，這裡的「服食」更接近今天青年們說的「嗑藥」。魏晉文人都有服食藥物習慣，《世說新語》裡的「五石散」是當時常見藥物，以白、紫兩種石英，加上硫黃、石脂、鐘乳，配製成「散」，服食以後，全身發熱，產生不同感覺。

王羲之特別提到「戎鹽」與「服食」的關係，顯然周撫來信中也談到最近「服食」「戎鹽」製丹藥的經驗。

周撫把「戎鹽」從四川帶進中原，好像把大麻從荷蘭帶進台灣，只是當年似乎沒有海關禁止，「戎鹽」也沒有被當作「毒品」沒收或犯罪。

王羲之最後還因為服食「戎鹽」談起他與妻舅郗愔所得感覺意見上的不一樣。

「方回（郗愔）近之，未許吾此志。知我者希，此有成言。無緣見卿，以當一笑。」郗愔是郗鑒的兒子，也是東晉豪門望族。郗鑒找女婿，找到「袒腹東床」的王羲之，這是大家都熟知的「東床快婿」的故事。郗王兩家還不只這一次聯姻，王羲之的小兒子王獻之後來又娶了郗曇的女兒郗道茂，可見兩家數代交情之深，郗曇、郗愔兄弟就常在王羲之的帖中出現，連「服食」藥物都彼此交換心得。

郗愔也愛服食丹藥，卻與王羲之感覺不一樣。王羲之覺得遺憾，只好用大家常用的「知我者希（稀）」來調侃自己。「服食」藥物本來是追求非常個人細緻的官能探險，王羲之也不會執著要求郗愔一定要有與他一樣的反應。

周撫從四川來了，帶了禮物送給王羲之。王羲之卻沒有見到他，「無緣見卿，以當一笑」。

我喜歡這封信的結尾，八個字，卻是如此灑脫的魏晉人的風度。生命中有無法如願的事，有悵惘，有遺憾，但是，收到禮物，寫一封信回覆，雖然見不到面，卻可以「以當一笑」。如此雲淡風輕，沒有粘黏。船過，自然水都無痕。喜悅或憂傷，也只是我們自己牽掛多事。

因為這秋季的風，因為風行走在河面上一波一波光的足跡。因為潮來潮去，鷺鷥在河岸踱步覓食，招潮蟹驚慌四處奔逃流竄。我看《旃罽帖》，好像秋日晴空一絲流雲，可牽可掛，可卷舒可伸展，也可以散到無影無蹤，只是我自己記憶裡的一點執著。

《十七帖》裡還有一封向周撫提到「藥草」的信，就叫《藥草帖》——「彼所須此藥草，可示，當致。」——你需要這裡的藥，寫下來，我幫你找。只有十個字的一封短信，簡直像藥物密碼。

三希堂

我想：養心殿這小小的暖閣裡的小小的「窩」，是真正乾隆自己的空間了。他把最心愛又不偉大到沉重的三件南朝文人手帖放在身邊，好像讓自己知道剛才坐在大殿上的皇帝不是真正的自己。

乾隆把王羲之的《快雪時晴帖》、王珣的《伯遠帖》、王獻之的《中秋帖》，三件他最喜愛的書法收藏在養心殿西暖閣最裡面的套間。這個套間因此被他命名為「三希堂」，親筆御書，題了一個匾，很得意這裡收存著三件稀世珍寶。到北京紫禁城現場看過「三希堂」的朋友都很訝異，「三希堂」名聲這麼大，實際空間卻原來這麼小。

元朝的畫家倪瓚有書房叫「容膝齋」，表示空間小到僅可一人盤坐「容膝」其中。倪瓚只是形容，而且他是文人，書房小也還相稱。乾隆是皇帝，在皇宮裡搞一個這麼小的空間，很令人不解。

我卻很喜歡「三希堂」的小。這裡本來就是冬天避寒的暖閣，大而無當，不能溫暖。而且「三希堂」是暖閣盡頭裡間最小的一個空間，像一個「窩」。可以

「懷抱觀古今，深心托豪素」

三希堂

位於北京故宮養心殿西暖閣，原名溫室，後改名三希堂，是清高宗乾隆帝（愛新覺羅弘曆，一七一一～一七九九）的書房，歷清季數帝至今仍保持原貌。三希堂內僅八平方米，但陳設幽雅、古樸，分為南北兩間小室，裡間窗台置乾隆御用文房用具，其下設一坐炕，上設御座。乾隆並御書「三希堂」匾、「懷抱觀古今，深心托豪（毫）素」對聯，以及小室隔扇橫楣裝裱的《三希堂記》等。

「三希」原作二解：一曰「士希賢，賢希聖，聖希天」。即士人希望成為賢人，進而成為聖人、知天之人——有勤奮自勉之意；二曰「珍惜」，古文「希」同「稀」，指的就是乾隆十一年（一七四六年）起收藏於此的《快雪時晴帖》、

想像一個人在寒冬裡「窩」在這裡有多麼溫暖舒適與愜意快活。

一個僅容一人擁被圍爐的炕床，下面燒了熱炕，熱呼呼的。一張小案，案上放著三件書卷，尺寸都不大，只有二十幾公分高。拉開來看，字也不多，《快雪時晴》只有二十八個字，最長的《伯遠帖》也只有四十七個字。隨手拿得到，把玩捲收，看一會兒，看累了，靠著錦枕睡去。覺得遙遠南朝偏安的閒適自在彷彿就在身邊，江左文人談笑風生的灑脫自在也在身邊，乾隆在「三希堂」這小小的「窩」裡似乎作了一個荒誕而可愛的南朝的夢。

我覺得歷史盛世的君王都常作著南朝的夢，唐太宗一生開疆拓土，最後他的夢卻似乎只是在南朝參與一次《蘭亭》暮春的雅集，看「茂林修竹」，聽「清流激湍」，玩「曲水流觴」。彷彿因為《蘭亭》，他恍然間覺得一生忙碌的爭權奪利是多麼可憐悲哀的人生。

乾隆是清代盛世，然而在「三希堂」裡我也才隱約感覺到他不容易透露的遺憾落寞。

托爾斯泰在他著名的小說裡很哲學性地詢問過：「一個人需要多大的空間？」

《中秋帖》和《伯遠帖》等三件稀世珍寶。至乾隆十五年（一七五〇年）時，更收入晉以後歷代名家一百三十餘人，墨跡三百餘件以及刻石拓本近五百種；乾隆並敕命刊刻為卅二冊《三希堂石渠寶笈法帖》，簡稱《三希堂法帖》。後來「三希」在近代幾經顛沛，《中秋帖》和《伯遠帖》曾於離宮後數易其主，如今仍還藏北京故宮；《快雪時晴帖》則在飄泊過大半個中國之後，於千里外的台灣落腳，藏於台北的國立故宮博物院。

故事是一個人受國王賞賜，在日落前，驅馬奔馳，凡跑過的土地都是他的。這個人喜出望外，揚鞭策馬，狂奔而去。他為了爭取時間，不吃不喝，馬沒有片刻休息，一直跑到筋疲力盡，倒下死了。這個人在曠野上，看到落日已西斜很多，還想抓住最後機會，再多佔有一些土地，於是自己拚命狂奔起來，一直跑到眼睜睜落日快在地平線上下去，他也終於跑到氣竭力盡而死。日落後人們在草原上找到他的屍體，埋葬的時候，國王說：「一個人到底需要多大的空間？」

歲末冬寒，走過紫禁城前面的三大殿，雖然真是偉大莊嚴，還是讓我覺得肅殺陰慘荒涼。而且據說為了防範刺客，三大殿一帶都沒有樹木，寸草不生，光禿禿的，毫無生機，更使人可憐起帝王的非人性生活。

乾隆是盛世之君，不管多麼嚴寒的冬天，他都要一大早盛裝坐到如冰窖般的大殿，上朝辦公。寒風呼嘯，大殿上正襟危坐，冷到刺骨，所有的奏事議論又多是勾心鬥角的權謀。

我想：養心殿這小小的暖閣裡的小小的「窩」，是真正乾隆自己的空間了。他把最心愛又不偉大到沉重的三件南朝文人手帖放在身邊，好像讓自己知道剛才坐在大殿上的皇帝不是真正的自己，現在，回到這小小的「窩」裡，在簡單安靜的手帖旁邊，他才回來做自己了。

朋友從南方寄了茶葉來，註明是雲南臨滄大雪山的大樹普洱。以前見到的普洱多是坨茶，團成餅。這一包茶是散茶，一葉一葉，深褐帶赤金色。用沸水沖泡，等一兩分鐘，透出琥珀的光。不像江南的茶那麼清香細嫩的綠，但有老茶大樹的樸厚沉拙，覺得要用民間粗陶大碗來喝，這樣的喝法，「三希堂」大概也無緣一見。

細看張開的葉片，粗梗還在，一梗兩葉，葉片大而完整，壯大扎實，葉緣還見鋸齒，很有剛氣。

靜佳眠——適得帖

我不知覺，手指在空中旋繞。像一根纏繞的藤的鬚蔓，像一片無風中墜落的秋天的枯葉，像水波在土岸邊迴旋，像一聲歎息的尾音，空中有「靜佳眠」，是雲嵐的舒卷變幻，原來只是說：這麼靜，可以睡得很好。

在東部一所大學校園駐校，上完課，恰好雨後初晴，從校門口可以眺望到不遠處一大片蒼翠雄渾的山，山間交錯著變滅的雲嵐。雲從山谷裡升起，像一朵一朵蓮花，升到高處，緩緩四散而去。從校門左轉出去，開車四十分鐘，可以過沙卡當，溪畔，寧安，過靳珩橋，到一處我常去的叫布洛灣的平台，有散落在平台間約二十間簡單樸素民宿。忽然覺得應該上山，聽雨後千山萬壑間的流泉入睡，第二天可以早起看山，因為隔天沒有事，可以看一整天的山。

上海博物館新近收到流失到美國的《淳化閣帖》北宋拓本的殘卷，其中第六卷有王羲之的《適得帖》，剛好朋友送了一冊極精的印本，我就帶著《適得帖》上山。

入睡前在燈下細看《適得帖》的線條轉折，很像雲嵐的變滅，也像水聲，朦朧

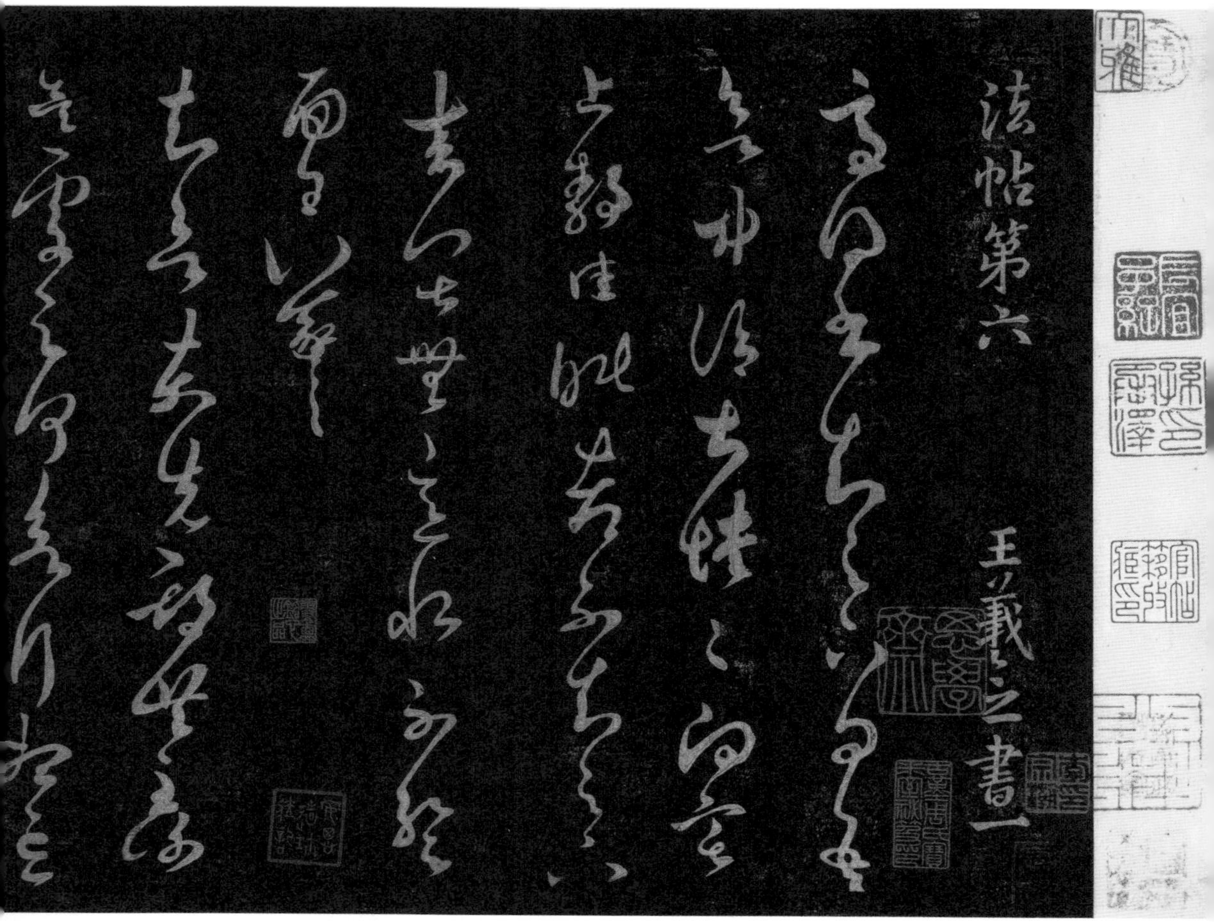

「法帖之祖，半壁二王」

淳化閣帖

又名《淳化祕閣法帖》，簡稱《閣帖》，共十卷。是中國最早的一部匯集各家書法墨跡的「法帖」——即古代著名書家墨跡經雙勾描摹，刻於石板或木板，再拓印裝訂而成。

北宋淳化三年（西元九九二年），太宗趙光義令出內府所藏歷代墨跡，命翰林侍書王著編次摹勒上石於禁內，刻於祕閣，自漢章帝至唐高宗，共錄書家一〇三人，作品約四百餘篇；後世譽為中國法帖之冠和「叢帖始祖」。其中第一卷為歷代帝王書，二、三、四卷為歷代名臣書，五卷是諸家古法帖，六、七、八卷王羲之書，九、十卷王獻之書。

宋代曾有記載此帖為棗木板刻（初刻板於仁宗慶曆年間宮中失火焚毀），初拓用「澄心堂紙」、「李廷珪墨」，然未見此拓本流傳。惜因編者王著識鑒不精，致真偽雜糅，錯亂失序，然摹勒逼真，先人書法賴以流傳，影響極深。

不過因為帖石早佚，摹刻、翻刻甚繁，宋代即有數十套之多，價值亦有落差。以北京故宮博物院藏南宋拓本為例，為白紙挖鑲剪方裱本，麻紙烏墨拓，每頁尺寸縱二五．一釐間讀到「靜佳眠」三個字，便在萬籟闃寂間睡去。

日出前，山極靜寂。天地間一大黑塊，稜線起伏，一條充滿彈性張力的線，像蹲伏的野獸的背脊，蓄勢待發。

真正的寂靜，正是蓄勢待發。內在沒有飽滿的生命，內在，沒有渴望，沒有追求，沒有要飛撲起來的狂喜，或許是不會懂得什麼是真正的寂靜的。

忽然想到學生，他們或許應該來這裡，看一整天的山，一整天的雲。或者，出校門，右轉，騎車不到三十分鐘，就可以聽到七星潭海邊拍岸而起驚天動地的海濤的寂靜了。

山的稜線背後透露出鬱灰沉重的光，好像要努力從封閉的黑暗中掙脫，從死寂裡嘶叫出破曉的光。我震懾於「破曉」的「破」這個字的力量，「破」是一種撕裂，從黑暗、死寂、太長久的沉滯中撕破，扯裂，解放出來。一個全新的生命從破開的胞衣母胎裡呱呱哭號著誕生。

彷彿聽到劇痛裡第一聲嬰啼，如此嘹亮高昂，又如此悽愴大慟。

破曉時山間的嬰啼，是群鳥的喧譁。一樹一樹的鳥聲，此起彼落，彷彿配合明度

米，橫十三．一釐米。每卷末皆有「淳化三年壬辰歲十一月六日奉旨摹勒上石」篆書刻款，已極為完整難得。《適得帖》又名《適得書帖》，收於《閣帖》第六卷，僅五行。（圖左二行為《先期帖》局部，或名《知欲帖》。）

一點一點增強的曙光，喧譁的聲音也逐漸擴大。是被晨光吵醒的鳥們越來越多了，從低迴試探的一兩聲呢喃啁囀，逐步變成壯闊歡欣的合聲呼應，呼應著浩大的黎明之光，彷彿是要呼喚起天地的初始，不得不用全心的肺腑來大聲唱讚。

昨天夜裡陪伴我入夢的遠遠近近潺潺湲湲的急湍流泉，水聲還在耳邊，但是清晨，眾鳥喧譁，水流的聲音卻都昇華成山谷下冉冉上升的雲嵐煙霧，它們不再流盪奔騰在深壑溪谷，卻一一幻化成初日裡一縷一縷向上升起的雲。

「行到水窮，坐看雲起」，水的窮絕之處，就是雲升起的時候，一整天隨水行走，走得氣喘吁吁，筋疲力盡，才想到可以坐下了，可以躺在一片巨石上看雲升起，四野都寂靜，片刻就在石上睡著了。

王羲之的《適得帖》，很美的句子在雲際迴旋——「宅上靜佳眠」，躺在巨石上睡，四圍都是雲起雲滅，「靜佳眠」三個字也在似睡似醒間。我不知覺，手指在空中旋繞，是法帖裡的「靜佳眠」三個字的線條。像一根纏繞的藤的鬚蔓，像一片無風中墜落的秋天的枯葉，像水波在土岸邊迴旋，像空氣裡一聲歎息的尾音，空中有「靜佳眠」，是雲嵐的舒卷變幻，這三個字原來只是說：這麼靜，可以睡得很好。

《適得帖》是回答朋友來信，「適得書，知足下問。吾欲中冷，甚憒憒。向宅上靜佳眠，都不知足下來門。甚無意，恨不躉面。王羲之。」

「中冷」兩個字在台北故宮的《何如帖》裡也用到，而且是「中冷無賴」，南朝的歲月，王羲之總讓人覺得他心中寒冷荒涼，百無聊賴，什麼也提不起勁。

「中冷」，下面接著「宅上靜佳眠」，彷彿一個小院落裡白日睏睡的畫面。

「都不知足下來門，甚無意」，朋友來了，到了門口，都不知道，真是好一個「宅上靜佳眠」。

王羲之的帖，其實是散文詩，往往比有格律的詩句還耐讀。

東籬

他在海邊勞動曬成紅赭色的長臉很美，一種在自然簡樸生活裡才會有的清明和平，然而老孟眉心有一縱深褶痕，他的憂愁在眉間根深蒂固，像一朵盛豔之花，知道無常，喜悅微笑也都是憂愁。

黃昏在鳳林邀朋友吃飯，山坡上的餐廳有庭院，坐在庭院長木凳上，可以俯瞰山腳下一片田疇。田疇間原來有醒目的綠，稻秧的翠綠，檳榔樹的蒼綠，各種雜木層次不一的綠。日光斜下去，綠在暮色裡淡去，天地一片蒼茫，像許多記憶的心事，從熱鬧彩色沉澱成沉靜黑白。

大凡事物從彩色變成黑白以後，彷彿就可以收藏起來了，裝了框，掛在牆上，或者夾在相簿裡，想起時才去翻一翻。

天色暗去，遠近亮起稀疏燈光，餐廳外主人修了園林，原來花木就好，不用費太多心思經營。

我被一株盛開的茶花吸引，穿木屐，走鋪石曲徑，湊近去看花。

看花時心中一痛，不知道為什麼花要開得如此豔。如此豔，驚天動地，卻不長久，只是徒然使人傷心。

我思念起往生不久的孟東籬，想為他寫《維摩詰經》一句送行——「是身如焰，從渴愛生」。

大學時嗜讀老孟翻譯的《齊克果日記》、《恐懼與顫怖》，連他那時用的筆名「漆木朵」都覺得好。

書房牆上掛著我畫的齊克果像，一頭蓬亂頭髮，瘦削長臉，很高的額頭，削下去的兩頰，尖下巴。特別是一對清澈透明的眼睛，像兩顆澄淨玻璃珠，冷冷地看著人間。

後來見到老孟，總想起那張像，只是丹麥的齊克果白，台灣的孟東籬黑，齊克果更冷，孟東籬有台灣的熱。

我在大學教書，請老孟跟學生談齊克果，他說：「不弄齊克果了——」

老孟離開台大教職，在花蓮鹽寮海邊動手搭建茅草屋，實踐簡樸自然生活。八〇年代，台北都會經濟繁榮，如火如荼，每個人都活得像熱鍋上的螞蟻，亂鑽亂竄。老孟帶著愛人孩子，丟掉大學教職，遠走鹽寮，去實踐他相信的生活。

「是深如焰，從渴愛生」

孟東籬

孟東籬（一九三七～二〇〇九年），生於河北省定興縣，本名孟祥森，曾以漆木朵為筆名。台大哲學系、輔大哲學研究所畢，曾任教於台大、世新、花師、東海等大學院校；並曾於東海別墅開設「大度山房」賣書。著譯文、史、哲、心理、宗教等書籍近百本，包括赫塞《流浪者之歌》、梭羅《湖濱散記》等。

孟東籬一生力行耕讀澹泊，以哲學、生態為主題寫作，終以身體去實踐人與自然的關係。因嚮往《湖濱散記》）所描寫的生活方式，八〇年代落腳花蓮鹽寮海邊，離群索居，親手搭建起數間簡易的房屋居住，取名「濱海茅屋」，自給自足，長年茹素，終身實行返璞歸真的簡樸「愛生」生活——也成為台灣慢活哲學、自然寫作與環保運動先驅之一。此時期更取意陶侃詩句，以「孟東籬」為名出版其個人創作，著作散文、哲學論述，如《幻日手記》、《耶穌之醎》、《萬蟬集》等，以《濱海茅屋札記》、《愛生哲學》、《素面相見》等書最知名。

他使我看到真正的「哲學」，其實不是「學術」，而是一種生活。老孟是第一個，或許也是唯一一個——台灣在生活裡完成自己的哲學家。

我去鹽寮找他，下了客運，往海邊走。細雨裡有鋼琴聲，我想是老孟在彈巴哈。順琴聲找去，看到三間草屋，一些舊木料的窗框門框，竹編的牆，屋頂鋪茅草，像在蘭嶼看到的達悟族杆欄式建築，有很寬的平台，躺在平台上，海就在身邊，海濤一波一波，也像巴哈。

琴聲停了，巴哈卻沒有停。老孟走出來，頎長的身子，一身棉布衣褲，看到我躺在平台上，說——啊，你來了——

老孟吃素，愛人也吃素，孩子上學，起先吃素，後來老孟覺得應該有孩子自己的選擇，我沒有問最終是不是也吃素。

自然簡樸生活裡也有煩惱，老孟說鄰居朋友送雞來，他們不殺生，雞在海邊草叢繁殖下蛋，蛋孵出小雞，一代一代，雞越來越多，餵養起來也困難，老孟就在草叢裡找蛋，不讓蛋孵化。

其實聽著海濤，看著海，老孟講什麼我都愛聽。關於他尋找蛋的煩惱，理所當然也一定是一個力行哲學的人會遇到的煩惱。

我說：「老孟，你留在大學教哲學，就不會有這些煩惱了。」

他在海邊勞動曬成紅赭色的長臉很美，一種在自然簡樸生活裡才會有的清明和平，然而老孟眉心有一縱深褶痕，他的憂愁在眉間根深柢固，像一朵盛豔之花，知道無常，喜悅微笑也都是憂愁。

我到東海任教，老孟也在東海，不教書，他愛上東海校園，應徵做掃地校工。學校不敢聘用，以為老孟別有居心，我知道他只是真心愛校園，真心想掃地。

真正的哲學家常常是被一個時代誤解的人，莊子活在今天，老婆死了，鼓盆而歌，也還是要被誤解吧，但是在大學教莊子哲學則無關痛癢。

我有時帶學生去鹽寮，跟老孟走走聊聊，學生畢業後，也自己去，知道世界上有一個人是為自己活著的，雖然來往不頻繁，也覺得心安。

魏晉的「帖」，多是生活的輕描淡寫，讀帖時就思念起孟東籬，像一張彩色褪淡的照片，像黑白，卻不是黑白。

遠宦——救命

「餘粗平安」也常見於王羲之信中。「粗」是「大概」——大概還好。那個戰亂偏安的年代，「粗」平安，只是大致還好，不能「細」問。「粗」也許是晉人流離顛沛間退而求平安滿足的一點微小心事吧。

秋涼的時候河面上起一層霧，初看以為是水氣蒸發的煙雲，看久了原來是片片雨絲。很細很細的雨絲，無聲無息，在廣闊河面上激揚起一陣隨風旋轉的白濛濛煙霧。

有人說，今年閏五月，入秋得早，遠處山頭也已有白花花叢叢芒草翩起。

我拿出宋拓的《十七帖》來看，看到《省別帖》。這個帖也叫《遠宦帖》，唐摹本墨跡收在台北故宮，二〇〇八年展出過，摹本與刻本對比，雖然出於同一件原作，有些字線條不完全相同。

看墨跡本的時候沒有特別感覺，可能是雙勾廓填，按照框框填墨，筆勢線條緊張，草書裡細線牽絲的部分尤其荏弱，彷彿膽怯，少了自然灑脫。

我特別注意「救命」兩個字，細筆婉轉，原來應該是極漂亮的兩個字，卻因為

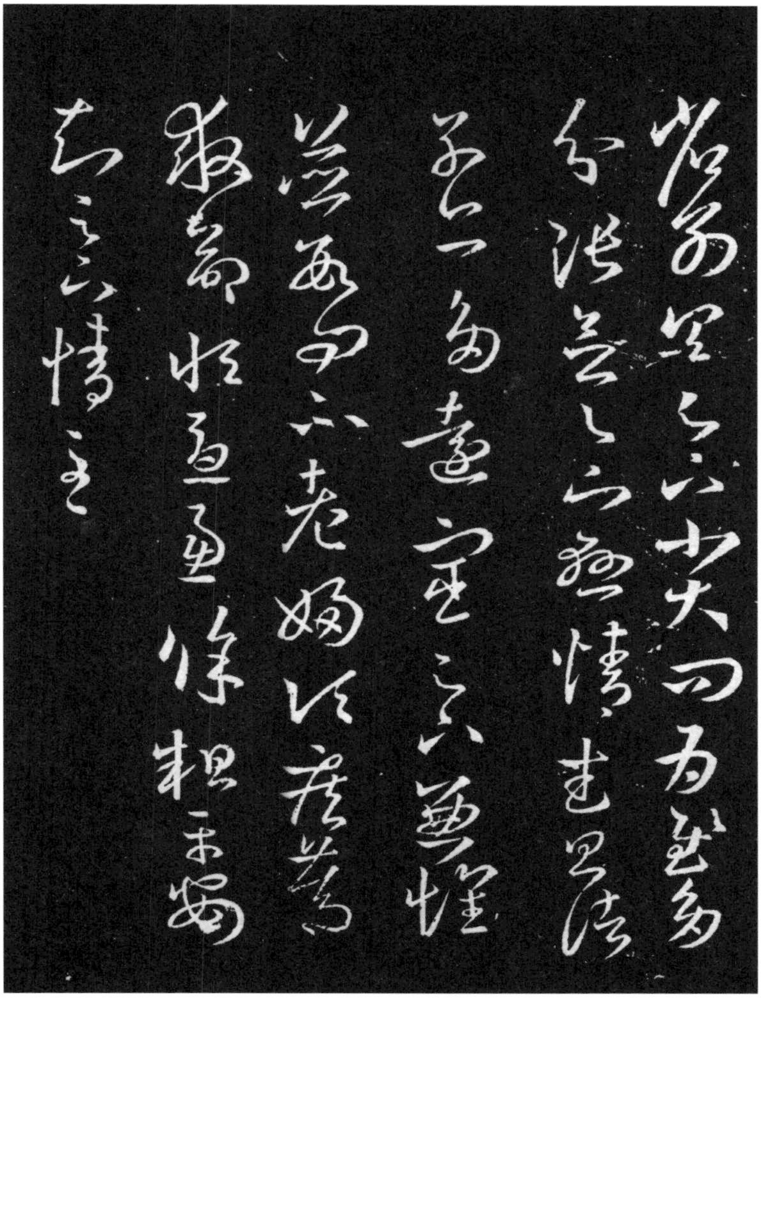

膽怯，線條失去張力。對比手頭上海博物館新近收的《淳化閣帖》，同樣「救命」二字，線條的理解不失圓渾，似乎比摹本多了一些心緒上的糾纏。

《遠宦帖》是王羲之寫給益州刺史周撫（二九三～三六五年）的一封信。讀王羲之的《十七帖》對周撫這個人不會陌生。《十七帖》在宋刻本裡有二十八封書信，其中絕大部分是王羲之寫給周撫的。

周撫是東晉南渡時的重要人物，他曾經是王導的部屬，與王家世代有通好之誼，與王羲之也是姻親。他的妹妹嫁給陶侃的兒子陶瞻，東晉咸和五年（三三〇年），周撫就隨陶侃守武昌。不久，周撫調任到四川，永和三年（三四七年）升任益州刺史，一直到去世（三六五年），在四川做官前後有三十年。

王羲之在咸和七年（三三二年）因為參與庾亮的軍事，也到了武昌。一般人認為《遠宦帖》是這一年後王羲之寫給周撫的信，當時周撫已經調任到四川。

《遠宦帖》第一段開始說：「省別具，足下小大問，為慰。多分張，念足下懸情。」

書信前端「羲之頓首」的敬語在唐代摹刻時刪掉了，只保留了信的內文。

「省別具」是在看到周撫的信之後回覆的起始語，表示信上的內容一一都知道了。「省」是「知道」，「具」是一件一件「具全」，這兩個字都是王羲之帖裡常出現的用語，簡潔明瞭。

「小大問」也常出現在王羲之帖中。我特別喜歡這三個字，周撫寫信來，王家大大小小都問到了，所以王羲之回答說：「足下小大問，為慰。」一家大小都被關心到，很覺得安慰。

「多分張，念足下懸情。」朋友分開了，感念周撫還對大家牽掛。「懸情」兩個字也是王羲之常用的。《十七帖・諸從帖》裡講到堂兄弟王修載在遠方，音信全無，也用到「懸情」二字，有「牽掛」、「懸念」的意思。

下面一段是：「武昌諸子亦多遠宦，足下兼懷，並數問不？」當時與王羲之同在武昌的一些朋友庾翼、王胡之、王興之，周撫一一問到，也都很懷念。王羲之信上回答說：「武昌這些朋友也多派駐遠處做官了。」——「遠宦」（遠處做官）這兩個字也就成為書帖的名稱。

《遠宦帖》最後談到妻子生病——「老婦頃疾篤，救命！恆憂慮。」那一年王羲之應該是三十歲上下，卻稱太太「老婦」，古人的稱謂很像今日粵語的「老公」，與年齡無關，只是親切的口語吧。

我喜歡「救命」二字，直接，簡練。親人重病，能做的大概也只是「救命」，心裡當然「恆憂慮」。

「帖」的動人在「人情之常」，文化被扭曲矯情，還是要回到「帖」的平凡做人。

周撫信上最後大概還問了許多人好不好，因此王羲之在《遠宦帖》的最後結尾回答說：「餘粗平安，知足下情至。」

「餘粗平安」也常見於王羲之信中，台北故宮的《平安帖》一開始就是「此粗平安」。「粗」是「大概」——大概還好。那個戰亂偏安的年代，「粗」平安，只是大致還好，不能「細」問。「粗」也許是晉人流離顛沛間退而求平安滿足的一點微小心事吧。

寒切

《寒切帖》常被認為是王羲之晚年最後的遺墨。書法無一絲鋒芒，簡靜沉厚，雍容曠達，墨色淡漠卻又豐腴，如煙如霧。「寒切」二字，草體流轉，像雪片在飄。映在日光裡，爛漫紛飛，像迴盪不去的南朝記憶。

天津博物館收藏的《寒切帖》一直是我很想看原作的一件王羲之唐摹本。

王羲之的「帖」都是寫給朋友的信。「信」本來沒有題目，變成「法帖」之後，為了方便分類記憶，才取了題目篇名。

帖的篇名通常是取自信的開頭兩個字或四個字，如《喪亂帖》取了開頭「喪亂之極」中起首二字，《快雪時晴帖》，也是取起首四字作篇名。

信的開頭有很多是年月數字，並不適合做篇名，像《寒切帖》開頭是「十一月廿七日義之報」，因此，也有人稱為《廿七帖》。但是，以數字開頭的信太多，不容易分篇目，有時就從信中選取主要的兩個字做篇名，像「遠宦」或「寒切」。

「寒切」是「冷極了」，書信為了書寫精簡，創造了非常獨特減省的文體。

「寒切」兩個字，傳達出「寒冷」、「切骨」。獨立的單字，構成漢字特有的準確又豐富的意象。唐人絕句還有章法格局，把文字放進詩的格律。「寒切」兩個字，卻並無文法。從詞彙邏輯章法裡解脫出來，「帖」的體例，在文學史上獨樹一幟，可惜歷來被書法之美掩蓋，臨摹者多只在意書體形象，忽略了「帖」在文體上的創新性。

「寒切」兩個字，從書信上下文裡獨立出來，像一個晶瑩空靈的畫面，也像一種寂靜至極的心境。

讀日本傳統俳句，在平假名片假名間夾著一兩個漢字，常常覺得文字的詩意性

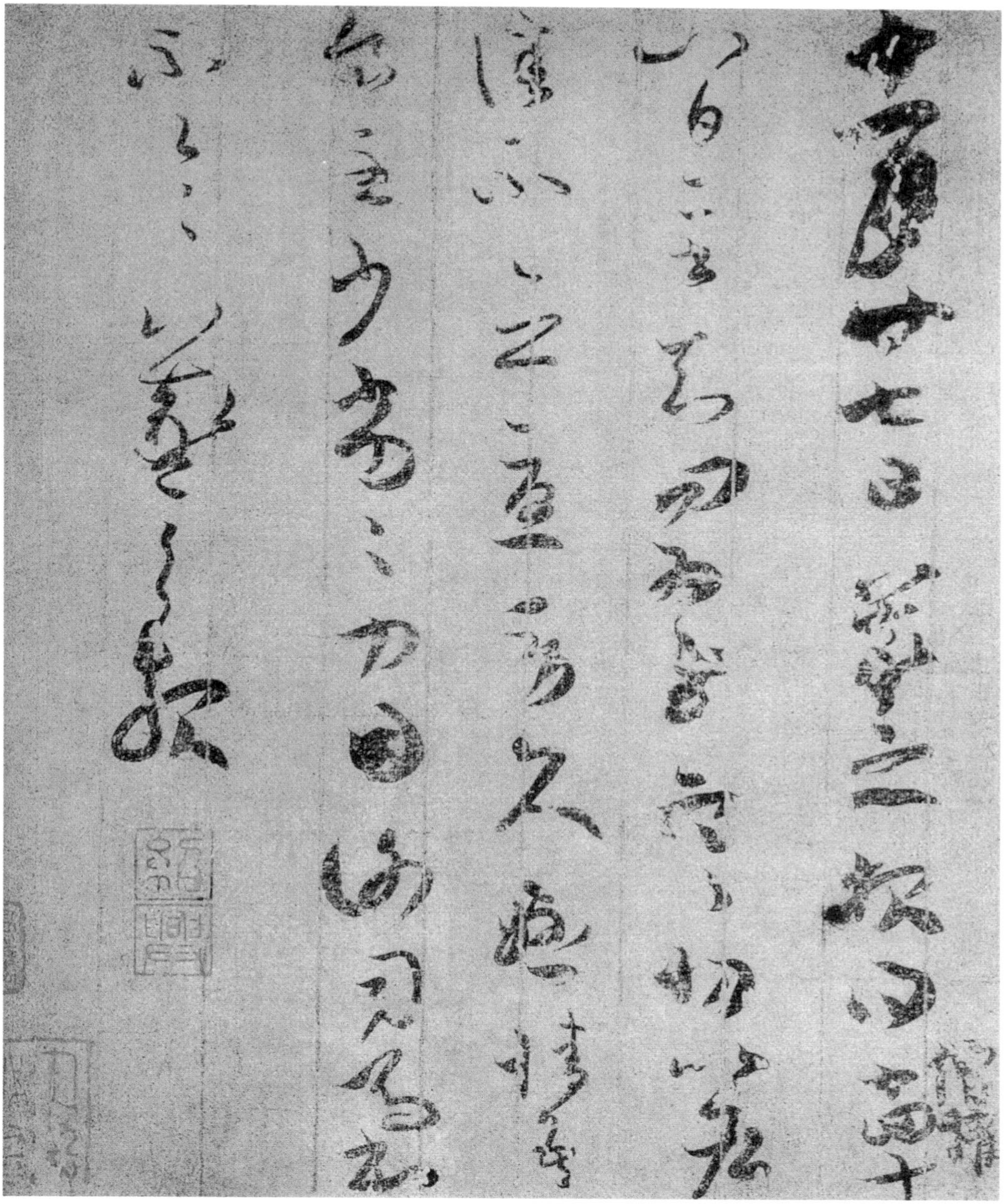

王羲之
《寒切帖》
唐人勾填本，有烏絲欄。
縱長廿五．六釐米，
橫廿一．五釐米，
天津博物館藏。
又名《廿七帖》、《謝司馬帖》。
草書五行共五十字。
卷尾有董其昌、婁堅題記。

純粹而飽滿，連最精簡的五言絕句也不能企及。

「寒切」兩字，用墨書寫了，裝裱成長軸，掛在和式的玄關僻靜空間，盤坐在榻榻米上喝茶的人就有了不同心事。

「寒切」也像禪宗公案語錄，僧徒之間問答，各說各話，各人有各人領悟，各人有各人執著，空闊清明，不沾滯，不掛礙，所以可以如此精簡。

「寒切」兩字，獨立出來看，其實也像現代詩，卻不故作隱誨，平直簡白到極至，反而意味無窮。可以是最原本意思的「冷極了」，也可以是讀者心中千萬種玄想幻化的演繹。

文字還原凝鍊到最低限，往往也恰恰能夠滋生綿衍出無窮無盡無邊無際的張力。

當然王羲之當年寫這封信是不會想那麼多的吧！

只是多年以來，我常把「帖」當成日本俳句來讀，覺得是一首一首好詩。就像《何如帖》裡的「中冷無賴」，心裡寒冷，百無聊賴，南朝歲月如斯，可以這樣頹放，看花開花落，朝代興替，卻似乎都與自己無關。

《寒切帖》是特別有俳句詩意的一封信，「十一月廿七日，羲之報，得

十四、十八日書，知問為慰。」收到對方十四日、十八日兩封信，知道對方掛念關心，很安慰。

「寒切，比各佳不？」冷極了，大家都好嗎？

「念憂勞，久懸情。」心念憂傷辛勞，長久懸心，踏實不下來。

「吾食至少，劣劣。」我吃得太少，很無力，不好。

「力因謝司馬書，不一一。羲之報」另外有信給謝司馬，不細說了。

「謝司馬」是謝安，他在東晉升平四年（三六〇年）出任桓溫西司馬職務。王羲之生卒年有不同看法，但一般認為他逝世於升平五年（三六一年），因此這封信常被認為是王羲之晚年最後的遺墨。

書法無一絲鋒芒，簡靜沉厚，雍容曠達，墨色淡漠卻又豐腴，如煙如霧，雖然是雙勾填墨的唐人摹本，卻遠遠超過許多其他仿本，傳達出東晉人特有的蕭散沖融之美。

在天津如果遇到大雪，「寒切」二字，草體流轉，像雪片在飄。映在日光裡，爛漫紛飛，像在心中飛揚迴盪不去的南朝的記憶。

上虞謝安

一代名相在歷史戰役關頭，談笑自若，或許不是軍事技術，也不是政治手段，使人懷念起那捻著棋子的手，輕輕把一顆顆棋子放上棋盤上的靜定。像拿著毛筆寫信，平直點捺，一絲不苟，比戰爭還多一份慎重。

王羲之信裡提到謝安的不只《寒切帖》，謝安四十歲以前都隱居在浙江上虞東山，沒有出來做官。他們之間，彼此來往密切，永和九年，王羲之寫《蘭亭序》的那一次雅集盛事，謝安也在現場。《世說新語》裡關於兩人的往來記錄很多。〈言語〉篇，有一次謝安很感慨中年「傷於哀樂」的心情，告訴王羲之，有親友喪事，幾天都不平靜。

王羲之安慰謝安，認為晚景老年都如此，只有藉音樂絲竹陶冶紓解。

有趣的一段記錄見〈言語〉篇——王羲之與謝安一起登上南京城樓。謝安「悠然遠想，有高世之至」，很像一名與世無爭的隱士。倒是王羲之說了一番教條勵志的話，認為應該戮力於復興王室，認為「虛談」「浮文」都不是「當今所宜」，王羲之是很希望謝安出來從政的。

「但用東山謝安石，為君談笑靜胡沙」

謝安

謝安（三二〇～三八五年），字安石，號東山，東晉政治家、軍事家，浙江紹興人，祖籍陳郡陽夏（今河南太康），名門之後，少年即負才名。世

《世說．雅量》裡也有一段談到謝安與孫綽、王羲之泛舟海上，風起浪湧，孫、王二人都怕起來，要船夫回航，謝安唱詩吟嘯，興致極高。到後來風急浪猛，大家都叫嚷不安起來，謝安才慢慢說：那麼，回航吧！

《世說》處處說謝安個性的沉穩鎮定內斂，長期隱居東山，天下人卻一直傳言——謝安不出來主政，天下蒼生不會安定。

王羲之也是極力推謝安出仕的人之一，《世說．賞譽》篇，王羲之跟劉尹說：

故當共推安石。

四十一歲謝安終於出仕桓溫西司馬的職務，因此《寒切帖》裡用到的「謝司馬」的稱謂。

收藏在上海博物館的王羲之《上虞帖》，也提到了謝安。《上虞帖》時間比《寒切帖》早，一般人認為是王羲之的中年草書，與《寒切帖》的用筆不同，《寒切帖》更多了一些沉厚靜穆與圓渾。

王羲之寫《上虞帖》當時，謝安就在上虞東山，但他們沒有見到面。

稱謝太傅、謝安石、謝相、謝公。

淝水之戰，發生於太元八年（三八三年），前秦苻堅在統一北方後，揮師南下欲滅東晉，雙方交戰於淝水（現今安徽省壽縣東南方），謝安時任宰輔，運籌帷幄，以弟謝石為征討大都督，侄謝玄為先鋒，竟僅以八萬訓練有素的「北府兵」大勝八十餘萬前秦軍，過程中也留下許多如「投鞭斷流」、「風聲鶴唳」、「草木皆兵」的典故。然謝安的戰功卻引起皇室疑忌，始終未獲封賞，死後才追贈廬陵郡公。

淝水戰後，謝安更持續調和桓、謝兩大士族的關係，蓄積北伐基礎；並於次年起兵，收復黃河以南地區，後因再度遭嫉與部份戰場失利，謝安雖親自督軍卻僅能轉攻為守。再隔年安以病還京，歿於建康，享年六十六歲，謚文靖，喪禮至皇帝級別。

與此同時，前秦元氣大傷，苻堅被殺，諸胡紛紛獨立，中國北方重新陷入分裂。

謝安曾從王羲之學行書，宋米芾曾稱讚其書法「山林妙寄，岩廊英舉，不繇不羲，自發淡古。」

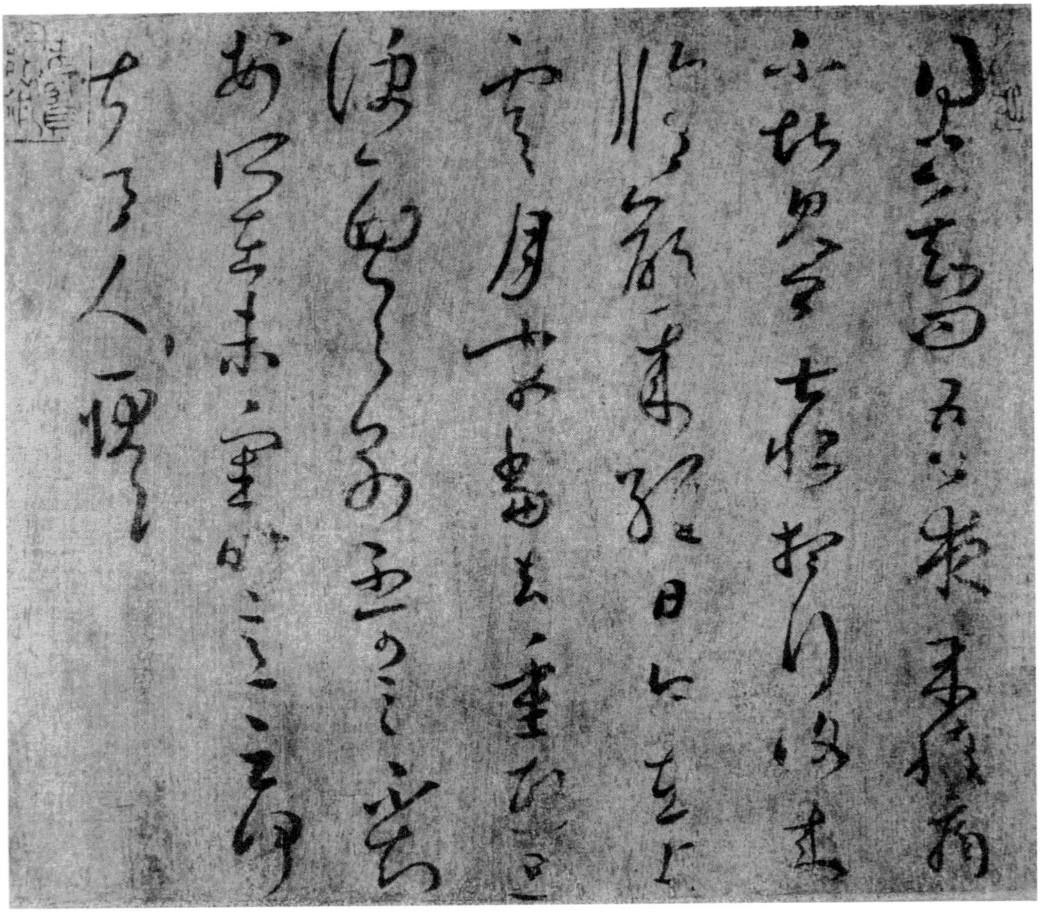

王羲之
《上虞帖》
唐摹本，
硬黃紙本（以塗過黃蠟的紙覆於真品勾摹）。
縱長廿三・五釐米，
寬廿六釐米，
上海博物館藏。
草書七行，五十八字。
卷尾有董其昌、婁堅題記。

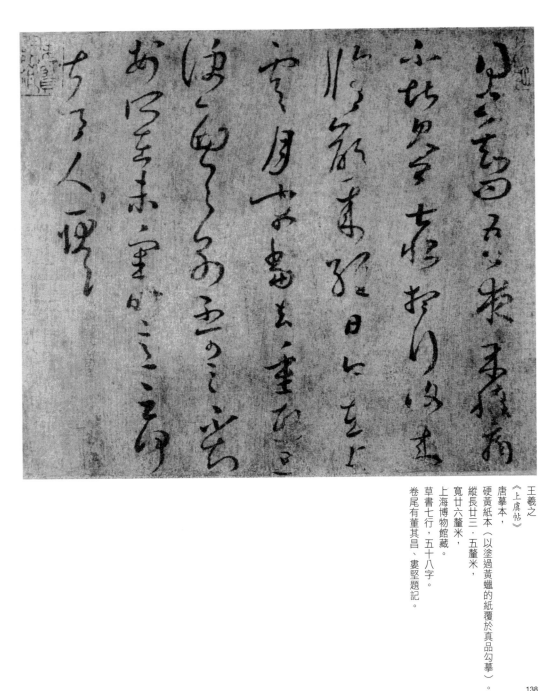

——得書知問。吾夜來腹痛，不堪見卿。甚恨。想行復來。

修齡來經日，今在上虞。月末當去。

重熙旦便西，與別，不可言。

不知安所在？不知時意云何？甚令人耿耿。

「修齡」是王胡之，「重熙」是郗曇，都是在《世說》裡常見到的人物。王羲之當時住在上虞，來來往往的朋友不少。

這封信裡提到謝安不知道在哪裡，「時意云何」，好像說的也是有關謝安出來主政的事。王羲之對這件事很在意，耿耿於懷，想知道時下一般人的看法。

謝安當時對動盪的東晉時局有巨大穩定力量，等於一個民調極高的人物，卻不出來做官，隱居山林，大家都議論紛紛。《世說》有一故事特別有趣，——謝安隱居東山，畜養了一批歌舞伎，皇帝司馬昱聽到消息，就說：謝安會出來做官了。司馬昱的理由很奇怪，他說：謝安既然能與人同樂，也就不得不與人同憂。

謝安出仕，果然分擔了東晉歷史上的憂患。他執政期間，確保了東晉的安定，尤其是「淝水之戰」一役，以少量兵力阻擋前秦八十萬大軍南下，成為歷史上最知名的戰役，也保全穩定了南朝一段長久的偏安局面。

謝安在策劃指揮「淝水之戰」時有一段大家熟知的故事，《世說》放在〈雅量〉篇。淝水之戰打得如火如荼的時候，謝安正與人下圍棋。前線指揮謝玄一直派人從戰場送快信來。謝安看完信，不說話，仍然慢慢布置棋局。客人急了追問；淝水的戰事如何了？謝安才說：「子姪輩已經把賊軍殲滅了。」好像沒事一樣。

王羲之年長謝安十餘歲，謝安跟王學過書法，他的傳世墨跡，有幾分酷似王的比較工整的行書。

一代名相在歷史戰役關頭，談笑自若，或許不是軍事技術，也不是政治手段，使人懷念起那捻著棋子的手，輕輕把一顆顆棋子放上棋盤上的靜定。像拿著毛筆寫信給朋友的手，平直點捺，一絲不苟，比戰爭還多一份慎重。反而面對戰爭嘶叫喧嚷，可以回來圍棋寫字，輕鬆自在，像走在東山雲岫煙嵐間一個與世無爭的人。

王謝堂前

這故事聽起來像市井小民間雞毛蒜皮的是非，婆家娘家彼此爭寵比較，很沒有東晉所謂「世族」、「門閥」的優雅，如果對「世家文化」有嚮往，看到這樣小家子氣地計較，大概會頗失望。

謝安與王羲之的交往，多見於《世說新語》，也常常表現在王羲之的帖中。

「昔日王謝堂前燕，飛入尋常百姓家」，劉禹錫的詩句大家耳熟能詳，東晉世家門閥文化最具代表性的兩個家族，後來糾葛牽連，卻不是一般人想像的那樣一清如水。

《世說》有〈賢媛〉一章，記錄了不少魏晉女性人物的故事，小小的事件裡使人看到門閥間現實的摩擦爭鬥，讀起來特別有趣。

王羲之娶郗璿的故事一般人都熟悉，郗璿是當時太尉郗鑒的女兒。郗鑒為女兒找適合的丈夫，為了門當戶對，特別指定要在王導家族的子弟中來選。相親時，王家子侄輩都來了，一個個正襟危坐，很在意會不會被選中，能做太尉的女婿。王羲之坐臥在東邊的胡床上，衣衫不整，襟帶散開，袒露出肚腹，談笑自若，一副不在乎的樣子。結果這個「袒腹東床」的年輕人很受郗鑒賞識，大概覺得這個年輕人有自己個性，不同於拘謹流俗，因此王羲之就做了郗鑒的「東床快婿」。

上面這段故事也見於《世說新語》，是王羲之生平中流傳很廣的一段典故。王羲之娶到的這位郗璿，在〈賢媛〉一章裡有另一段記載。

王右軍郗夫人謂二弟司空、中郎曰：「王家見二謝，傾筐倒庋。見汝輩來，平平爾。汝可無煩復往。」

王羲之的夫人郗璿跟兩個弟弟郗愔（司空）、郗曇（中郎）抱怨，認為王家的人勢利，見到謝安謝萬家族的人來，翻箱倒櫃，把一切珍貴的東西都拿出來招待；但是見到郗家兄弟來，卻只是一般對待（平平爾）。郗璿為娘家兩個弟弟受冷淡而委屈，跟兩個弟弟說：你們可以不要再去王家了。

這故事聽起來像市井小民間雞毛蒜皮的是非，婆家娘家彼此爭寵比較，很沒有東晉所謂「世族」、「門閥」的優雅，如果對「世家文化」有嚮往，看到郗夫人這樣小家子氣地計較，大概會頗失望。

郗愔、郗曇是常在王羲之的「帖」中出現的人物。《上虞帖》裡講的「重熙旦便西，與別，不可言」，「重熙」就是「郗曇」。《十七帖》裡和王羲之討論「嗑藥」經驗的也是這個擔任過「北中郎將」的郗曇。跟王羲之情感如此深厚，郗愔、郗曇聽到姊姊這樣挑撥王郗兩家關係，不知作何感想。而郗夫人說長道短的，也正是自己娘家與夫家的關係，使人對「東床快婿」的故事頓時有了幻滅之感。

也許，作為我最喜愛的文學經典之一，《世說新語》的精采，恰好是它有極為真實人性的記錄描寫。一個被「浪漫化」、「完美化」的「王謝世家」，也因為這一段小故事才有了真實、傖俗也活潑的「市井氣」。

郗夫人的抱怨或許不是沒有原因的，郗、王、謝三家，在政治上起落浮沉，長期藉聯姻結成勢力。之後，王羲之最小的兒子王獻之娶了郗曇的女兒郗道茂，王羲之的長子王凝之娶了謝安哥哥謝奕的女兒謝道韞。

這個謝道韞是有名的「才女」，《世說‧言語》一篇大家都熟悉謝安與子侄輩論雪的故事，那個用「柳絮因風起」形容雪花飛舞而傳誦千古的小女孩正是謝道韞。

謝道韞長大，嫁給了才學平庸的王凝之，很不像「才子佳人」幸福童話的結局。《世說》裡講到謝道韞嫁到王家後——「大薄凝之」，回娘家的時候，抱怨連連。謝安還安慰她說：王凝之是王羲之的兒子，人也不壞，你怎麼恨成這樣？謝道韞還是氣憤難平，認為自己一家伯叔群從兄弟都如此傑出，「不意天壤之中，乃有王郎！」——從沒想到天地間還有王凝之那麼笨的人。

才女的鄙薄人物是很惡毒的，忽然覺得「柳絮因風起」的美麗詩句中也暗藏不饒人的刻薄。

王、謝、郗三族的下一代婚姻都不美滿，王獻之最後也跟郗道茂離了婚。讀著他們留下的「帖」，知道他們這些門閥世家子弟也都在人間受苦。

「不意天壤之中，乃有王郎！」

王凝之，謝道韞

王凝之（？～三九九年），字叔平。王羲之次子。工草、隸，歷任江州刺史、左將軍、會稽內史等職。深信五斗米道，經常在家燒香拜神。隆安三年（三九九年）孫恩造反，兵臨會稽城下，王凝之守備不力，竟「日於道室稽首跪咒」「借鬼兵守諸津要」，城陷時與諸子女全部遇難。

謝道韞（約三七六年前後在世），陳郡陽夏（今河南太康縣）人。東晉女詩人。謝安之侄女，安西將軍謝奕之女。夫王凝之與子女盡為孫恩所殺，謝道韞以節義遇赦，後一直寡居會稽，啟益學子。道韞識知精明，聰慧能辯，謝安即曾稱她有「雅人深致」；書法亦為後世稱道。今存散文〈論語讚〉一篇和與〈泰山吟〉（一作〈登山〉）、〈擬嵇中散詠松詩〉等二詩。

積雪凝寒

「比者悠悠，如何可言。」在筆畫流走間看王羲之的頓挫點捺挑撇，想像室外白雪皚皚，呵凍點墨，給分別了二十六年的遠地朋友寫信，內容卻不過只是問候，只是對悠悠逝去歲月說不出的無奈失落之感。

一個朋友才到北京，傳簡訊來，只有四個字「大雪！大雪！」

可以想見，南方久住，初見大雪，不克自制的興奮。情緒直接到不經修飾，沒有結構章法，就很像「帖」的文體。

上次談到王羲之「服食」丹藥，還跟妻舅郗愔相互交換心得。《十七帖》裡另有《服食帖》，正是王羲之跟郗愔討論「服食」藥物的一封信。

「吾服食久，猶為劣劣。」王羲之長年服食藥物，覺得還是不好。「劣劣」兩字是王羲之帖裡常用的辭彙。「劣」是「少力」，在講心境上的沉滯、低鬱、苦悶、疲憊、無力感。他不一定是講「藥物」的好壞，而是在表達「服食」這件事的虛無空幻吧。「服食」使感官世界打開，「服食」產生幻覺，經驗奇幻瑰麗的狂熱興奮，「服食」五石散後全身發熱，要不斷行走，叫作「行散」。

但是經由藥物刺激的感官興奮，不容易持續長久。興奮之後，剎那間回到現實的失落虛無，也一定是這些心靈敏感者難以承當的生命之輕的落寞吧。

「大都比之年時，為復可可。」多年來也都如此，王羲之的「為復可可」很無奈，卻又似乎覺得就這樣子下去，沒有什麼不可以。「可可」也很平白直接，「劣劣」、「可可」都是「帖」裡特有的文體，跟我的朋友簡訊裡二話不說的「大雪！大雪！」很像。

《服食帖》最後跟郗愔說「足下保愛為上，臨書但有惆悵。」兩個服食藥物的親戚，情感像知己兄弟，王羲之要郗愔多保重，多愛自己。「臨書但有惆悵」使人想哭，這樣直白敘述心情的句子，竟然是一封談藥物的信的結尾。

朋友從北京傳來的「大雪！大雪！」四字簡訊，使我想起王羲之的《快雪時晴帖》，也想起他與好友周撫在二十六年離別之後寫的《積雪凝寒帖》。

「計與足下別，廿六年於今。雖時書問，不解闊懷。」算一算，到如今，分別二十六年了。雖然常書信往來，還是難解分別契闊的情懷。「省足下先後二書，但增慨歎。」讀到先後兩封信，更覺慨歎感傷。

計與足下別廿六年於今雖
時書問不解闊懷省足下先後
二書但增歎慨頃積雪凝
寒五十年中所無想頃如
常冀來夏秋間或復得
足下問耳比者悠悠如何可言

「頃積雪凝寒，五十年中所無。」剛積了厚雪，空氣凝寒。五十年沒有這麼冷過。

「想頃如常，冀來夏秋間，或復得足下問耳。」你還是老樣子吧，明年夏秋間，或者還會有你的信息。

「比者悠悠，如何可言。」時間這樣悠悠逝去，不知道要說什麼。

《積雪凝寒帖》每一次讀，都使我心情悵惘感傷。在筆畫流走間看王羲之的頓挫點捺挑撇，想像室外白雪皚皚，呵凍點墨，給分別了二十六年的遠地朋友寫信，內容卻不過只是問候，只是對悠悠逝去歲月說不出的無奈失落之感。

王羲之與周撫長時間分別兩地，彼此書信往返，彼此餽贈物品，王羲之也一度想溯江而上，與老朋友來一次蜀地的壯遊，完成他對蜀地文化歷史山川景物長久以來的嚮往宿願。但是似乎一直沒有成行，卻留下了一封一封寫給周撫的美麗書信。

《十七帖》裡寫給周撫的信中時間最晚的大概是《積雪凝寒帖》和《兒女帖》。

《兒女帖》使人想到杜甫的「昔別君未婚，兒女忽成行」，二、三十年過去，

吾有七兒一女皆同生婚娶
以畢唯一小者尚未婚耳
過此一婚便得至彼今內外孫
有十六人足慰目前足下情
至委曲故具示

王羲之告訴周撫，自己已經有七兒一女，都是同母所生。都嫁娶了，只剩么兒王獻之還沒有成婚。就等他成婚之後，沒有牽掛，可以去蜀地了。他還是沒有忘記，也沒有放棄長久以來在書信裡對老朋友的承諾。

他也告訴周撫，已經有十六名內孫外孫了，是目前最大的安慰。最後說「足下情至委曲，故具示。」好像周撫多年惦念牽掛，「情至委曲」，王羲之就在信上一一告訴他家裡的狀況。

給在北京的朋友回了簡訊，我又回來重讀了一次《兒女帖》——

——吾有七兒一女，皆同生。

婚娶已畢。唯一小者尚未婚耳。

過此一婚，便得至彼。

今內外孫十六人，足慰目前。

足下情至委曲，故具示。

得示帖

日本書法受晉人的手帖影響，日本傳統俳句、和歌都像手帖，清少納言的《枕草子》，簡潔平淡，不涉及大事，不長篇大論，更像手帖。手帖有時沒頭沒腦，一兩句平白言語，像禪宗公案語錄，讓人深思玩味。

在東京上野美術館看到光明皇后為聖武天皇七七忌，獻給東大寺的《獻物帳》。小楷工整，一項一項條列皇室獻給大佛的數百件寶物目錄。

所獻「寶物」中有一長列是王羲之的手帖。註明是行書或草書，多少行，什麼紙質，連裝裱的紺綾、綺帶的材質色澤，外面的紫檀木匣，都用小字一一標記，可見其慎重珍惜。

著名的《喪亂帖》就是當年《獻物帳》裡的一件。

《喪亂帖》的後面還有《二謝帖》和《得示帖》。王羲之的手帖書信，一封一封被後人收存珍藏，成為習字的法帖。這些原來單篇的書信，有時也兩三封一起，被裝裱成手卷或掛軸。台北故宮的《平安》《何如》《奉橘》也是三帖連裱成一件手卷。

羲之頓首喪亂之極
先墓再離荼毒追
惟酷甚號慕摧絕
痛貫心肝痛當奈何
奈何雖即修復未獲
奔馳哀毒益深奈何

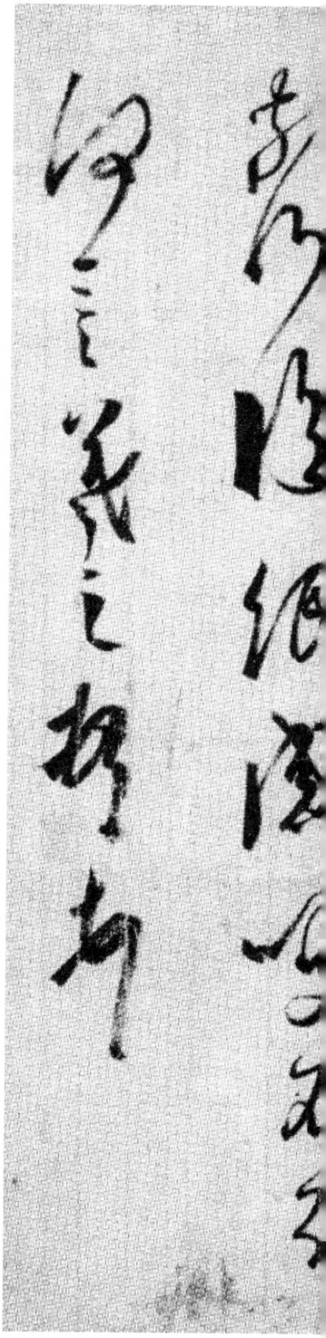

《喪亂帖》是精摹的唐搨本，《二謝》與《得示》也非常精妙，應該是同時傳入日本的唐代內府精品。

——得示，知足下猶未佳。耿耿。

吾亦劣劣。

明日出乃行，不欲觸霧故也。遲散。

王羲之頓首。

很熟悉的手帖語言——收到朋友的信，知道身體還沒好，很掛念擔心（耿耿）。自己也不好（劣劣）。

四行手帖，平淡隨意，使人不相信會是習字的法帖，沒有一點要傳世鳴高的造

《喪亂帖》
縱長廿八．七釐米，
共八行六十二字。
原跡已不存；
與《二謝帖》和《得示帖》連成一幅，
據考為唐時根據梁代徐僧權藏本的押縫原樣雙勾填墨之摹本。
帖文：
羲之頓首。喪亂之極，先墓再離荼毒，追惟酷甚，號慕摧絕，痛貫心肝，痛當奈何，奈何！雖即修復未獲，奔馳哀毒蓋深，奈何，奈何！臨紙感哽，不知何言。羲之頓首頓首。

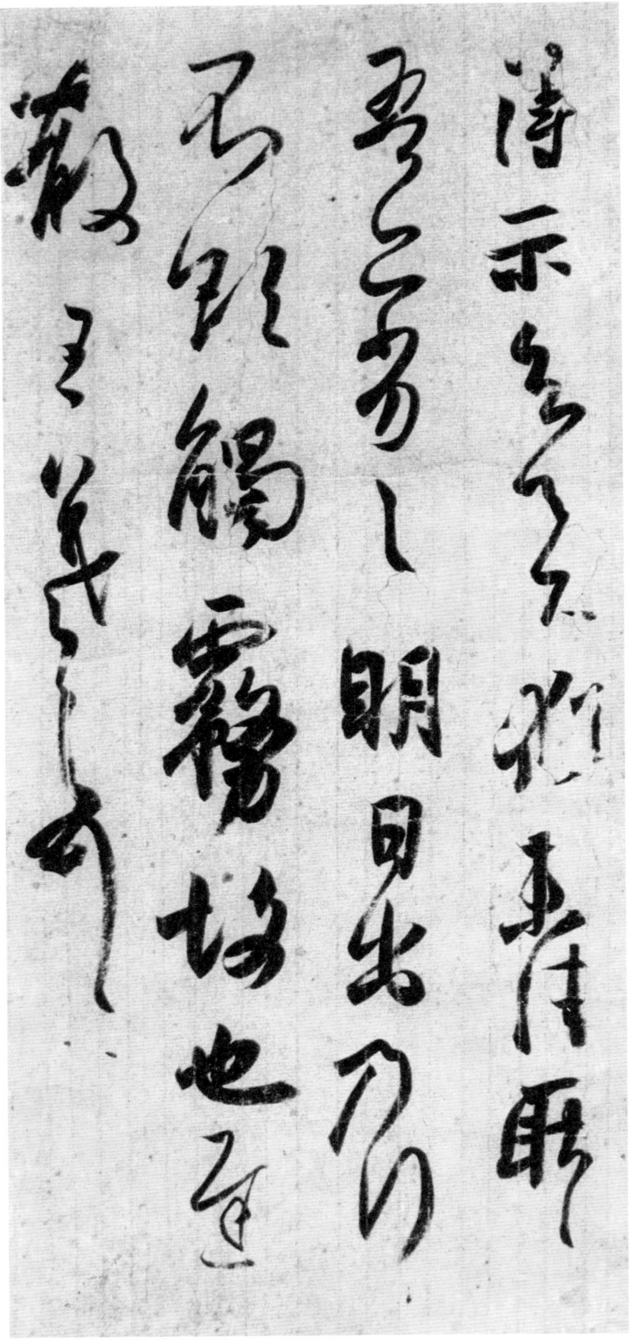

作誇張，卻又如此耐人把玩尋味。

「觸霧」兩個字寫得很大，尤其是「霧」，有一種濃鬱化解不開的情緒，一切都茫茫然在無明蔽障中，好像講的不只是氣候，也是流浪生死的愴然心境。

「遲散」的線條一變如絲弦羽音，纖細婉轉悠揚，也許真的是在空中一絲一絲散去的霧，給了東晉南方文人這麼委婉的心事寄託吧。

日本文化很受東晉手帖美學影響，上野博物館裡，一幅豐臣秀吉留在本願寺的墨書朱印帳，都寫得像手帖，文體像，墨色也像。幕府權臣如此亦步亦趨崇尚東晉手帖，日本文人的墨書，當然就更都像還活在東晉——「風行雨散」，「潤色開花」，行草寫得如煙似幻，與唐人有了楷書以後的方正重拙不同。

東晉手帖美學背後其實是當時文人思潮的佛學與老莊，「法無取捨」，「但莫憎愛」，佛書的句子或許是讀帖入門的另一個途徑。

日本書法受晉人的手帖影響，日本傳統俳句、和歌都像手帖，清少納言的《枕草子》，簡潔平淡，不涉及大事，不長篇大論，更像手帖。手帖有時沒頭沒腦，一兩句平白言語——「耿耿」「劣劣」，像禪宗公案語錄，讓人深思玩味。

有學者認為，醍醐天皇陪葬的王羲之手帖裡，稱作「羸」的那一幅，就是《妹至帖》。《妹至帖》開頭是三個字「妹至羸」，好像是說——妹妹身體很弱了。因為是裁斷的「手鑒」，「手鑒」只是用來比對鑒別書帖真跡，全文不能通讀，但大概意思也只點到而已。

唐代崇尚王羲之手帖的風氣東渡日本，在日本的影響似乎一直沒有消退。

手帖也影響了日本城市、建築、園林。以城市而言，京都比東京更像手帖，去過奈良的人，一定發現這最早的都城卻比京都更像一冊東晉手帖。

奈良的古建築，最像手帖的不是著名的東大寺、法隆寺，而是小小的唐招提寺。唐招提寺謙卑平和，使許多偉大建築的囂張跋扈都顯得無比空洞。

內在信仰如此飽滿，才能夠不比高大，不比存在的執著，而是確實知道，一切都在逝去。紙上的墨痕在逝去，屋上的磚瓦、地上的石基也一樣在逝去。用心雕刻的石碑，池塘裡一朵升起的蓮花，都在時間中逝去，都在經歷成、住、壞、空，如同我們自己的身體。

京都園林裡的「枯山水」像手帖，盤膝端坐一下午，像參悟一卷《平安帖》。

更像手帖的是西芳寺庭院裡的青苔。樹隙、牆根、石階、小徑，無邊無際的苔痕，一叢一叢，一點一滴，若有若無，像時間逝去後留下的模糊記憶。

我離開時，梅花的花期，大概還有十多天。枝梢上結滿百千珠蕾，米粒般大小，透著寒香，在細雪裡預告著春的消息。

奉對帖

士族豪門以與名門結親聯姻為榮耀，連皇室都不例外。王獻之因此跟表姊郗道茂離婚，另娶新安公主。《奉對帖》正是王獻之在離婚後寫給郗道茂的信，像一個撒賴的弟弟，悲哀到不想活下去了。

王羲之娶了郗鑒的女兒郗璿，王郗兩家結成親家，王羲之因此與郗璿的兩個兄弟郗愔、郗曇都很要好，時常有書信往返，成為王羲之書帖裡主要的人物。郗曇的女兒郗道茂以後就嫁給了王獻之，王郗二家，親上加親，也正是魏晉門閥世族講究門第相當的社會風俗。

當時講究門當戶對的門閥觀念，世族豪門之間聯姻，出於富貴權力考量，未必都成就好姻緣。例如謝安的姪女謝道韞嫁給王羲之長子王凝之，因為道韞是有名的才女，幼年時就以「柳絮因風起」詠雪詩句名揚於世，王凝之卻是才學平庸的男人。結婚以後，謝道韞每回娘家就大發牢騷，向謝安抱怨，怎麼把她嫁給了這麼笨的王凝之，《世說新語》裡這個記載使人發笑，才女出言刻薄，大大鄙視丈夫，留下「門當戶對」婚姻裡一段可笑又不佳的記錄。

郗道茂與王獻之的婚姻卻不同，道茂比王獻之年長一歲，王獻之稱她為「姊」，兩人從小一起長大，表姊表弟，兩人結合，建立在情感篤厚的基礎上，應該是美好婚姻。

王獻之娶了郗道茂，新婚數年，感情非常好，不料半路卻殺出一件意外的事，棒打鴛鴦，使美滿的婚姻破碎。

王獻之是當時士族間有名的才子，他幼年時跟兄長見謝安，就被謝安稱讚，從小寫書法也被父親讚美。他個性狂傲不羈，也常頂撞人，謝安就被他頂撞過兩次。一次是謝安要王獻之為剛建好的宮殿題匾，木匾送來，卻被王獻之叫人丟到門外去，毫不領謝安的情，也以為謝安要求文人名士為宮殿題匾是大汙辱。

王獻之藝術家個性的孤傲自負十分明顯。另一次謝安要他比較與王羲之的書法高下，這是一個難題，一般人也很難說自己書法比爸爸好，王獻之卻自信地說：固不同耳！

謝安又被頂撞一次。

書法史上有謝安不喜歡王獻之書法的記載，據說王獻之寫信給謝安，謝安看了，在信尾批評數行，原信退回。宋代的米芾就看過這封信，而且認為謝安的字品格比王獻之高（謝安格在子敬上），還說了一句尖刻的話——真宜批帖尾也。「批帖尾」三個字也就常常被引用來嘲諷王獻之書法，表示字寫得不好，在帖尾被別人批評。

米芾書畫論述一向偏激，他是大藝術家，論述上卻常不客觀。其實米芾自己的字最受王獻之影響，「三希堂」之一的王獻之《中秋帖》根本是米芾臨摹王獻之《十二月帖》裁剪而來，沒有王獻之的狂放變革在前，也不容易有米字的縱逸放肆。書史中的是非論斷有時很主觀，太計較了，往往反而處處都是矛盾，也容易束縛自己的判斷。

王獻之在他的時代因為追求變革，追求自我個性的釋放，刻意與父親的書法走不同的路子，因此，當然引起爭議。一直到唐太宗時代，貶抑王獻之的書法，讚揚王羲之，還是書法美學的主流。

這樣一位性情孤傲的藝術家，這樣一位不屑世俗庸碌的文人名士，最後被皇室看上，晉孝武帝主動提出，要把妹妹新安公主許配給王獻之。新安公主司馬道

「中秋不復，不得相還」

中秋帖

傳為王獻之書，但無款。
紙本，
縱長廿七釐米；
橫十一．九釐米。

全文共三行二十二字，前後有缺文。從紙料、筆材、書韻、文意等方面判斷，一般咸認為是宋朝米芾據王獻之《十二月帖》所作的不完全臨本，清乾隆帝將此帖與《快雪時晴帖》、《伯遠帖》並稱「三希」。民初溥儀出宮時，敬懿皇貴妃曾將此帖攜出，輾轉流落民間，後和《伯遠帖》一併被購回，存藏於北京故宮博物院。

此帖已近草書，唐張懷瓘《書斷》中說：「字之體勢，一筆而成，偶有不連，而脈不斷，及其連者，氣候通其隔行。」

帖文：

中秋不復不得相還為即甚省如
何然勝人何慶等大軍

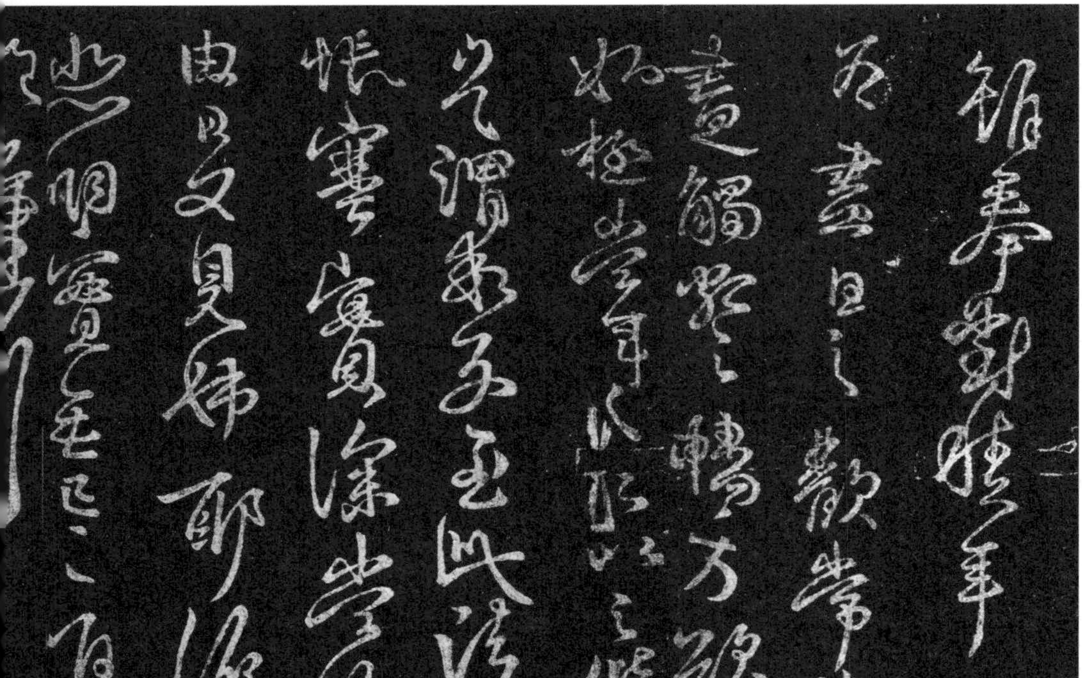

福是結過婚的，她的前夫是大權臣桓溫的兒子桓濟。

士族豪門也以與名門結親聯姻為榮耀，連皇室都不例外。

王獻之因此跟郗道茂離婚，另娶新安公主。《淳化閣帖》裡有《奉對帖》，正是王獻之在離婚後寫給郗道茂的信——「雖奉對積年，可以為盡日之歡。常苦不盡觸額之暢，方欲與姊極當年之匹，以之偕老。豈謂乖別至此，諸懷悵塞實深。當復何由日夕見姊耶。俯仰悲咽，實無已已，為當絕氣耳。」結婚相處多年，每天都歡樂，沒有吵過架，以為如此可以白頭偕老，沒有想到竟如此分別了，王獻之覺得再也不能早晚跟親愛的「姊姊」在一起，「俯仰悲咽」，「為當絕氣耳」。

信寫到如此悲慘，王獻之像一個撒賴的弟弟，失去了姊姊，悲哀到不想活下去了。

王獻之篤信道教，臨終的時候，要寫上奏玉皇的表章，懺悔一生過錯，王獻之回答說：不覺有餘事，惟憶與郗家離婚。

一直到死，他念念不忘的還是這件痛苦不堪的回憶。

榜書

東晉江左名士崇尚個人自由，王羲之如此，王獻之也如此，他們的書帖只是朋友間往來書信，瀟灑自在，風行雨散，潤色開花，自有一種品格，是不能為權貴「題榜」的，也不適合匹配在宮殿威權建築的高處。

面對一個巨大傳統建築物，宮殿或寺廟，視覺常被高高懸掛的漢字榜書吸引，遠遠就聚焦在「匾額」上，慢慢再走近建築實體。

傳統東方建築，少不了「匾」、「額」。

走進富麗堂皇琳瑯滿目的大殿，少了「正大光明」四個字的「匾」，整個空間就像少了重心。

「匾」與「額」的漢字書寫，替龐大的建築體找到視覺的焦點定位。無論建築如何堂皇雄偉，沒有「匾額」，就仍然少了精神。建築實體只是物質形體，「匾」與「榜」上的漢字才是魂魄，可以點活整個建築的生命。沒有「匾」或「榜」，建築等於沒有完成。

《紅樓夢》第十七回〈試才題對額〉，賈政要測試兒子賈寶玉題「匾額」「對聯」的才能。在偌大的建築園林裡行走，一處一處的建築都是新蓋好的。走到一處，停下來，觀察建築形式，觀察周邊環境，觀察周遭種植的花草樹木，最後定出「匾額」的內容，以「匾」「額」點題，也連帶用「對聯」界說出建築的精神內涵。這是最好的「文化」考試。考的內容包括「建築」「景觀」「文學」，也包括「書法」，賈寶玉這一天的考試包含了今天大學教育裡好幾個專業的能力。

台北的「大中至正」是典型的「匾」，「自由廣場」也是。一個城市為「匾」的漢字內容爭到頭破血流，可見「匾額」的巨大影響力。可惜沒有太多人關心除了內容之外漢字書寫與整體建築的美學關係。

像「大中至正」這樣的牌樓建築，五間六柱十一樓，是古代帝王陵寢「神路」的尺度。「匾」懸掛在離地面三十公尺以上的高度，字必須很大，字體也必須厚重開闊。顏真卿寫《大唐中興頌》的字體可能才壓得住周邊二十五萬平方公尺的廣場空間以及後面七十公尺高的紀念堂主體建築。但是「大中至正」是唐初歐陽詢體的唐楷，端正耿直有餘，渾厚莊嚴不足，不是大建築群裡「榜書」

的好範例。

「榜書」是專用來題「匾」「額」的，結構要恢弘雄壯，有開闊的氣勢，線條有入木三分的力度。童年時常看到為街坊鄰居寫輓帳輓聯的長輩，不是什麼書法名家，但是在地上鋪開整匹白布，手中一支大筆，在大碗裡蘸了墨汁，審視一二，俯下身子，墨瀋淋漓，「駕返瑤池」四個大字一揮而就，四邊圍觀的人鼓掌叫好，是有一種技藝通神的過癮。

書法史上常說一個有關寫「榜書」的故事——三國魏明帝曹叡蓋了「凌雲閣」，是高大的建築。閣樓蓋好，匾懸掛上去，字還沒有寫，因此找來當時最負盛名的書法家韋誕，把韋誕綁在凳子上，用繩子吊起來，很像馬戲團吊鋼絲的表演。可憐的韋誕吊在半空中，嚇得半死，還要揮毫寫出氣勢磅礡的「凌雲閣」三個大字，據說，韋誕寫完，放下來，鬚髮盡白，從此告誡子孫，不准再學書法。

這個故事《世說新語．方正篇》接了一個尾巴——東晉孝武帝修建了堂皇的太極殿，當時謝安是宰相，王獻之是他的下屬。謝安叫人送了一塊板，要王獻之題「太極殿」榜書。王獻之很不高興，跟送板來的人說：「把板丟在門外！」謝安知道了，問王獻之：「為宮殿題『匾』有什麼關係，魏朝韋誕不是也題『匾』嗎？」王獻之顯然氣還沒消，頂了長官一句：「所以魏朝國祚不長，很快就亡國了。」

東晉江左名士崇尚個人自由，王羲之如此，王獻之也如此，他們的書帖只是朋友間往來書信，瀟灑自在，風行雨散，潤色開花，自有一種品格，是不能為權貴「題榜」的，也不適合匹配在宮殿威權建築的高處。

「大中至正」四個字拆了，換了「自由廣場」，用的是王羲之的書體，文人像又一次被吊上凌雲閣上受苦了，希望這一次不會影響到「國祚」。

伯遠帖

王珣的《伯遠帖》是晉人真跡筆墨，沒有雙勾填墨的平板滯礙，線條收放間流暢灑脱，像一片一片正在綻放的花瓣；墨色在轉折處的濃淡變化與重疊，也都如煙雲幻滅，可以看到許多書寫過程中的頓挫捲舒。

一夜雨聲淅瀝，滴滴答答，有一點惱人。春天多細雨無聲，不走在雨中，不會有聽覺上的干擾。夏天的雨多如放聲嚎咷，傾盆而下，痛快淋漓，來得快，收得也快，沒有冬天雨聲無休無止的纏繞，像可憐哀怨又於事無補的嘮叨，瑣碎卻不能有任何現況改善，最是煩人。

不知道乾隆在他小小的「三希堂」是否也有過這樣寒冬雨聲在窗簷屋簷下的煩擾。不知道那樣的寒冬之夜，一人獨自圍坐暖炕，他是否也會順手拿出一卷《快雪時晴》來看。

乾隆是喜歡在名作上題記賦詩的，光是《快雪時晴》，前前後後，大概在上面題了六十幾次，每次在故宮展出原作，在乾隆密密麻麻的題記中，許多人都找不到本文那二十八個字。

「天下無雙，古今鮮對」

快雪時晴帖

東晉王羲之原書，一般以為此帖為唐代摹本。紙本，縱廿三公分，橫十四．八公分，全書共四行二十八字，被譽為「二十八驪珠」。

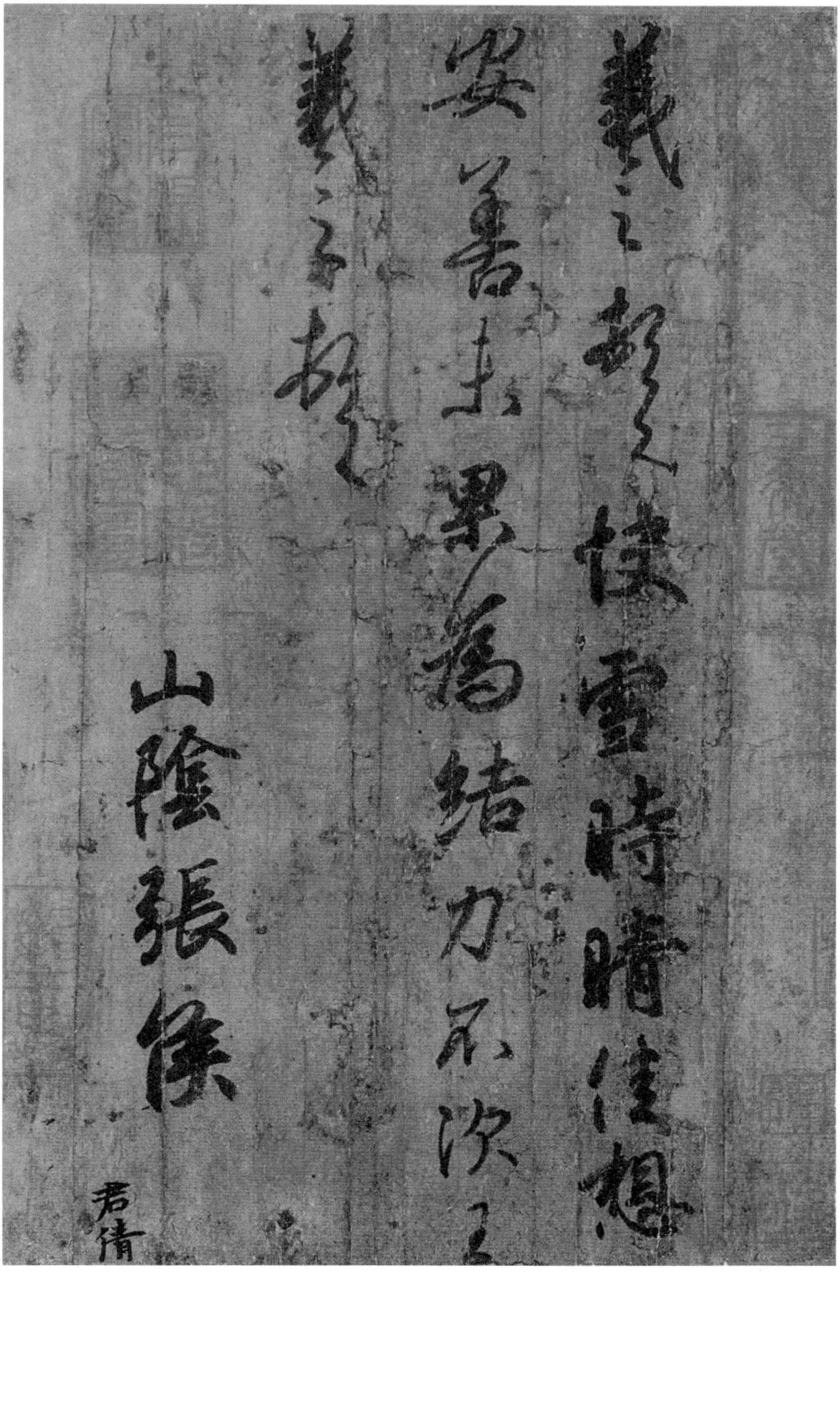

（國立故宮博物院提供）

乾隆是愛熱鬧的人，也少了點對「留白」的領悟。乾隆財大氣粗，很有初初暴發富有的快樂，恨不得把富有全都攤在外面，生怕別人看不見，有時竟也糟蹋了富有。真正富有的愉悅，其實是可以很安靜而不喧譁的。恰恰像春雨潤物細無聲，不聲不響，天地萬物都受到了滋潤。

乾隆在小小的「三希堂」裡還是想證明炫耀自己擁有名作的得意，也因此少了對南朝「帖」的平實的理解。

以今天來看「三希堂」是有一點誇張的說法。「三希」裡《快雪時晴》是唐人摹本，不是原件，《中秋帖》更是晚到宋代米芾的臨本，都不是東晉人真正的「江左風流」。唯一還能一窺南朝文人雋朗風神笑貌的其實只有一件《伯遠帖》。所以「三希」，其實是「一希」。乾隆喜歡誇張聳動，也很懂現代商業的置入性行銷，「一希」就變成了「三希」。當然，「三希」是有賣點的，至今也還可以用它開餐廳賣茶，是成功的行銷策略。

王珣的《伯遠帖》在乾隆丙寅年（一七四六年）收入清宮內府，成為乾隆最喜愛的收藏之一。

因為王羲之王獻之傳世的書帖已大多是唐宋以後摹本，雖然形貌相似，已失去東晉人行筆運氣的風神氣韻。王珣的《伯遠帖》是晉人真跡筆墨，沒有雙勾填

內容約為大雪後向友人問候的書札。此帖明清年間為降清明官馮銓所藏，康熙十八年（一六七九年），馮銓子馮源濟將此墨跡呈獻入宮，於乾隆十一年（一七四六年）與《中秋帖》、《伯遠帖》收入「三希」，乾隆帝賞玩之餘，竟題跋七十三次之多。現藏於台北國立故宮博物院。

此帖多為圓筆藏鋒，「圓勁古雅，意致優閒逸裕，味之深不可測」（明鑒藏家詹景鳳語），是王體行書中精品，對元代趙孟頫的行書應有極深影響。帖文：

羲之頓首。快雪時晴。佳想安善。未果為結。力不次。王羲之頓首。山陰張侯。

墨的平板滯礙，線條收放間流暢灑脫，像一片一片正在綻放的花瓣；墨色在轉折處的濃淡變化與重疊，也都如煙雲幻滅，可以看到許多書寫過程中的頓挫卷舒。在眾多臨摹本中，《伯遠帖》是觀察晉人原跡手帖的最好依據。

《伯遠帖》也是一封信，王珣跟朋友談起「伯遠」這個人，在青年求學時表現優秀，一群人中特別突出。因為身體不好，淡泊優游山水。沒想到剛出仕不久，卻亡故了，生死永隔，再也見不到面——

> 珣頓首頓首，伯遠勝業情期，群從之寶。自以羸患，志在優遊。始獲此出，意不克申。分別如昨，永為疇古。遠隔嶺嶠，不相瞻臨。

王珣（三五〇～四〇一年）是王導第三個兒子王洽的孩子，王洽三十六歲逝世，兩個兒子王珣、王珉都很優秀。王珉字僧彌，王珣字元琳、法護，小名阿瓜，後來封東亭侯，《世說新語》裡提到他常稱為「王東亭」。

王珣在《世說》裡記錄不少，個子矮小，卻很聰明，常跟弟弟爭強鬥勝。他曾經做桓溫的主簿，桓溫很信任他，也借用他出身王導孫子的顯赫家世。

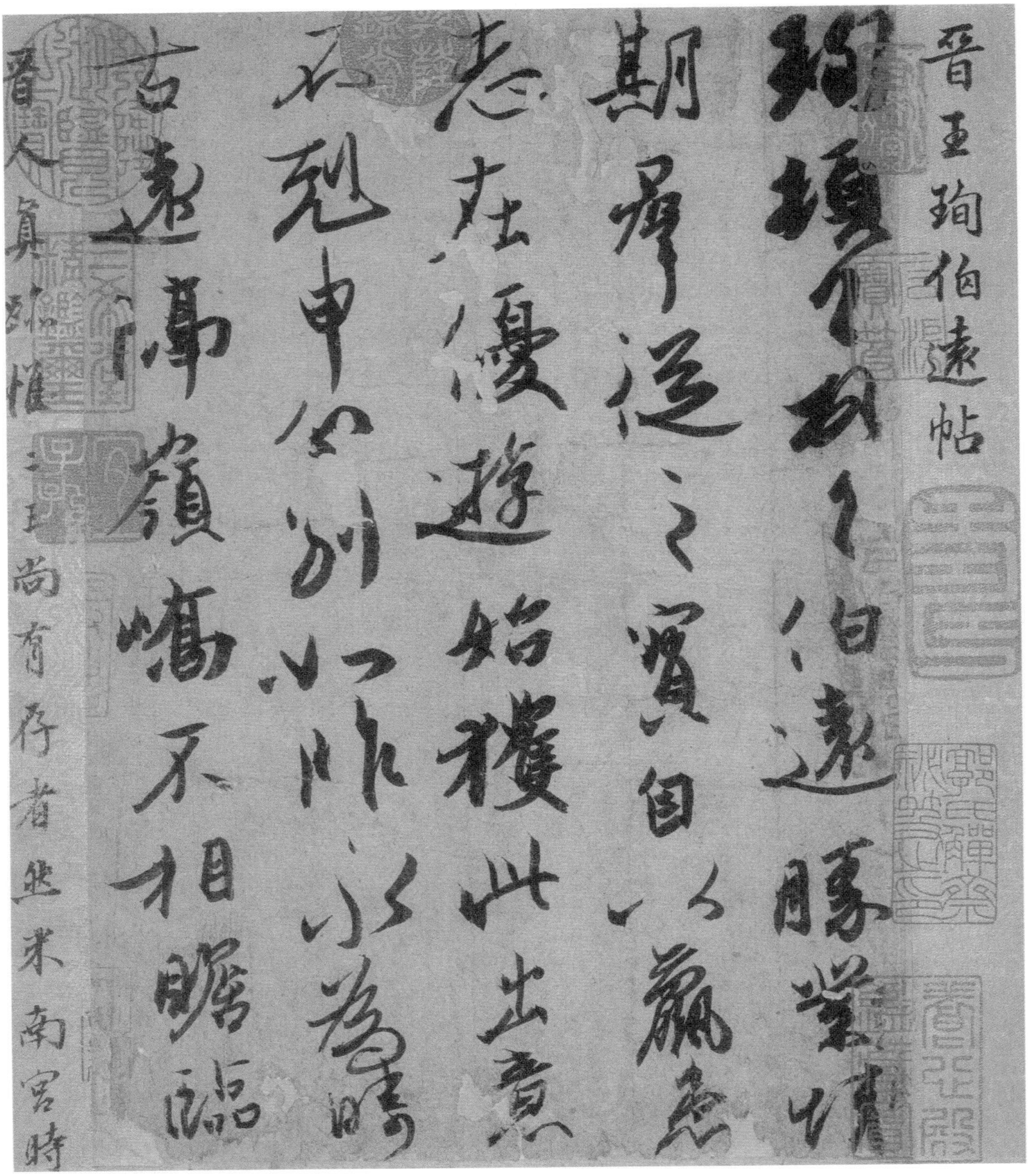

《伯遠帖》
縱廿五．一釐米，
橫十七．二釐米。
王珣行書紙本真跡，
五行共四十七字，
明董其昌評王珣書法：
「瀟灑古澹，東晉風流，
宛然在眼。」

王珣在政治上周旋於權力核心，連孝武帝這樣的君王身分也曾經託他為子女謀親事。在大臣間爭權角力之時，王珣常常表現出他政治世家出身的權謀機智。「世家」子弟有不凡的教養，王珣與謝安交惡，坐在同一部公務車裡，彼此不言語，但是王珣還能神色自若，好像沒看見謝安這個人。謝安逝世，王珣也依禮前往祭弔，謝安手下一個督帥極不客氣，大聲斥罵王珣，王珣卻一言不發，在靈前盡哀行禮完畢，飄然離去。

讀《伯遠帖》常常就似乎有《世說》裡王珣的影子，看到他隨異域來的高僧提婆學習《阿毗曇》經論。在政治現世權謀與生命本質實有虛無之間，王珣這樣的魏晉世家子弟是特別心事複雜的。

妹至

傳聞已久、傳入日本宮廷的王羲之《妹至帖》，僅兩行，十七個字，不成一封信，只是從手帖裡剪出的兩行斷簡。日本學者稱為「手鑒」，把書法名家摹本書跡裁成數行，收在書冊裡，作為鑒定墨跡時比較的資料。

二〇〇六年一月東京國立博物館舉辦「書之至寶——日本與中國」，這個展覽基本上是與上海博物館合作，展出中日兩國收藏的古代漢字書法名作。因此，同年三月，這個展覽也巡迴到上海博物館舉辦。展覽裡很受重視的當然是王羲之的幾件作品，特別是日本皇室宮內廳收藏的《喪亂帖》。

日本在隋唐時代就有多次遣唐使到中國，隋唐帝王都崇尚書法，唐太宗更是不遺餘力蒐求王羲之手帖名作，自然影響到當時來中國學習的留學生。中日間密切的文化交流，使許多書法手帖流入日本。七三五年，留學中國的吉備真備回國，就從長安帶了很多書法名品獻給聖武天皇。大唐高僧鑑真和尚天平勝寶六年（七五四年）抵達日本竹志大宰府，記錄上也說他帶去了王羲之行書一帖，王獻之真跡三帖。

當時唐代內府常摹搨王羲之原作，這些製作精良的唐摹本就有許多在此時流入日本。

日本聖武天皇（七〇一～七五六年）喜愛王羲之手帖，天平勝寶八年（七五六年），聖武天皇逝世後的七七忌，光明皇后做佛事，就將聖武天皇生前喜愛的文物六百多件獻給東大寺大佛。如今保留的《東大寺獻物帳》記載了獻物的目錄，其中不少王羲之手帖，包括了著名的《喪亂帖》。

稍後的桓武天皇（七三七～八〇六年）也把王羲之手帖奉為至寶，常常借到宮中閱覽臨寫，在手帖上撳有「延曆敕定」朱文印記，也成為鑒定王羲之唐摹本的重要標記。《喪亂帖》的右端就有「延曆敕定」這方印記。

《喪亂帖》八行六十二個字，是王羲之手帖中篇幅較大的一封信，寫家族南遷以後，北方祖墳被刨挖，人性喪亂之極，感覺「痛貫心肝」的悲痛，是他心情沉重時的書寫，這件唐摹本是我見過王書手帖最美的一件，比《快雪時晴》更多流動速度變化的氣韻。

二〇〇一年、二〇〇二年，日本曾經兩次修復《喪亂帖》。用非常現代科技的方法分析唐摹本的紙質、厚度。唐代內府摹本用紙，百分之五十五是雁皮，百分之四十五為楮；紙的厚度是零點零七毫米左右。最難得的發現，是對古人「填墨」技術的再理解。所謂「雙勾填墨」，是用淡墨依原作輪廓勾出細線，再用墨填入細線框中。在科技數位放大後，才看得出，「填墨」是以如髮絲般的極細線條，一點一點，重新組合重疊出原作的墨色。我看到放大的科技檢視圖板，《喪亂帖》每一個點，每一根線條，都像用絲線織繡出來。古代摹搨工藝的精巧細緻，令人嘆為觀止。也因此看得出來，同樣是摹搨本，品質的高低優劣卻不一樣。傳達原作神韻的程度，更是要看摹搨者對審美的理解分寸。失之毫釐，差之千里。摹搨本有些無精打采，味同嚼蠟，能夠像《喪亂帖》如此風神奕奕的，也不多見。

《喪亂帖》講到被破壞的祖墳重新修復，因此學界推測，這封信大概寫於東晉桓溫北伐，收復洛陽之際，時間是永和十二年，公元三五六年，比王羲之的《蘭亭序》還要晚三年，也代表了王書最後登峰造極的成就。

這次展覽的王書中有一條五厘米寬的窄細長條，是傳聞已久的《妹至帖》，兩行，十七個字，不成一封信，只是從手帖裡剪出的兩行斷簡。日本學者稱為「手鑒」。

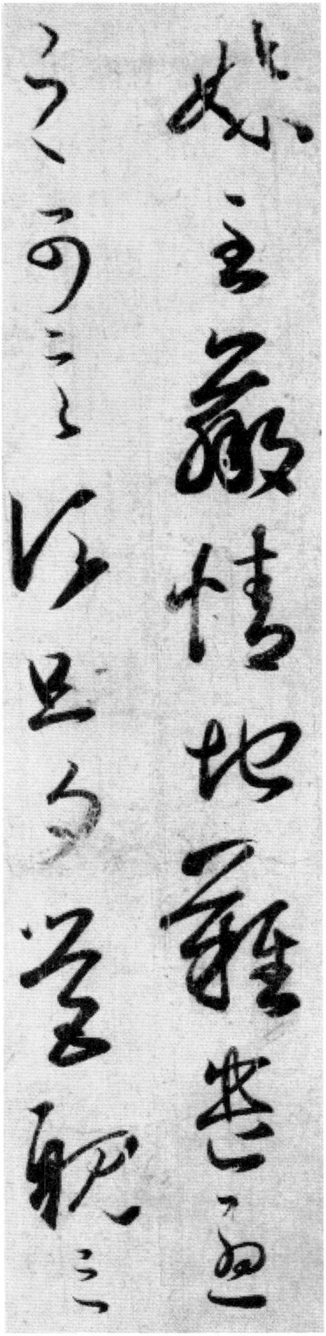

「手鑒」是把書法名家摹本書跡分割成數行，收在書冊裡，作為鑒定墨跡時比較的資料。

《妹至帖》第一次公開展覽是在昭和四十八年（一九七三年），長期夾在書冊中，保存非常完好，墨色如新。經過科技鑑定，發現《妹至》與傳到日本的《喪亂帖》、《孔侍中帖》是同樣的紙張，都是唐代內府的響搨本，同時傳入了日本宮廷。

《妹至帖》
紙本，唐摹本（響搨本，於暗室依窗映日勾摹），
縱長廿五．三釐米，
橫五．三釐米。
二行十七字，
日人中村富次郎私人藏。
此帖未見任何題款和藏印，亦未收入各朝名家著錄，應為新出土材料。
帖文：
妹至羸，情地難遣，憂之可言，須旦夕營視之。

日本醍醐天皇（八八五～九三〇年）曾經以三卷王羲之書法《樂毅論》、《蘭亭》、《贏》的唐摹本陪葬，與唐太宗選擇王羲之真跡《蘭亭》陪葬也可以說是一脈相承的帝王習氣了。

容止

「飄如游雲，矯若驚龍」，許多人以為說的是書法，是稱讚王羲之寫的字。其實不然，這八個字很清楚說的是王羲之的人，是他瀟灑自在、有神采的容貌舉止，像天空飄浮的流雲，像被驚動的蛟龍，漂亮俊挺活潑。

讀晉人手帖，有時候無端會想起那個遙遠時代，他們的長相，他們的服飾裝扮。頭上青巾幞頭，腳下木製屐踏，手中拿的玉柄麈尾，喝茶或喝酒時候用的青瓷小缶。談笑風生，走在山陰道上，不覺得他們是戰亂中流離顛沛剛剛到了南方的人。

魏晉時代，文人名士，講究容貌之美，在《世說新語》裡留下〈容止〉一篇，記錄許多當時人的容貌故事。

有一段敘述關於何晏的美，特別有趣。何晏皮膚白，魏文帝曹丕懷疑他敷粉，化妝過，不是真的漂亮，就想測試一下。夏季大熱天，賜一碗熱湯麵給何晏吃。吃完，何晏一頭一臉都是汗。他用紅色衣袖擦汗，擦完，皮膚還是一樣潔白乾淨。

「朱衣自拭，色轉皎然」，《世說》的文字很動人，形容色彩的「朱」與形容光亮的「皎」二字都用得好。像電影的畫面，靜止在曹丕凝視何晏的擦汗動作。朱紅衣袖，皎白面容，現代人很難想像這是帝王與朝臣的關係。川端康成的小說裡常有這樣畫面，是皎潔月光下盛艷如花的女子。日本美學受魏晉風氣影響，對美，可以深情至死，淵源上溯《世說．容止》。

竹林七賢中嵇康的美也是有名的，〈容止篇〉說他「身長七尺八寸，風姿特秀」，一連用了好幾個比喻說他——「蕭蕭肅肅」、「肅肅如松下風」、「岩岩若孤松之獨立」，他的美像一棵孤高的松樹。嵇康死亡的畫面也驚人，走向刑場的時刻「夕陽在天，人影在地」，大喝一聲「廣陵散從此絕矣」俯首就戮！死亡像是美的極致完成。

〈容止篇〉很令人驚異的是當時女性對男子美醜的極端反應——潘岳極美，少年時出遊狩獵洛陽道上，「婦人連手共縈之」，如同今天粉絲追逐圍繞影歌星帥哥。但是下面一段反應很難想像——詩人左（思）太沖「絕醜」，也倣效潘岳出遊，引起女性眾怒，「群嫗齊共亂唾之」。「嫗」是上年紀的婦人（可見粉絲不止於少女）。一堆歐巴桑嫌左太沖醜，圍著他吐口水，這畫面好笑，讓人噴飯。

〈容止篇〉多談男子的美，衛玠也是當時著名俊男，三一一年，永嘉之亂，他從江西南昌（豫章）到了下都南京，聞名趕來看他的人「觀者如堵牆」。為了看帥哥，人群擠到密不透風，而且是在類似「一九四九」的大逃亡期間，聽來有點誇張。北方胡人兵馬一路屠殺，戰爭打到如火如荼，帥哥卻還是要看的。

《世說》常常提醒我一些悲壯慘烈史實的描寫，大部分還是不脫官方政治宣傳的虛偽，在真實歷史裡，人性其實是荒謬可笑多於悲壯的吧。

衛玠這個故事更誇張的還在後面——衛玠本來身體不好，一個新移民，每天被人群圍著看，「體不堪勞，遂成病而死」。衛玠到南京一年就被「看死」了。這一段令人啼笑皆非的故事，《世說》自己起了一個名字叫〈看殺衛玠〉，活生生把一個人看死了，今天的八卦新聞標題也很少這麼聳動有創意。

讀手帖常常會以為時代感傷，其實或許不然，最悲慘的人性荼毒裡，人也還是知道如何作樂的。

王羲之的容貌在「容止篇」也有描述，用了八個字——「飄如游雲，矯若驚龍」，許多人以為說的是書法，大概覺得把「書聖」描寫成帥哥有點不敬。《晉書・王羲之傳》也把這八個字解讀為是在稱讚王羲之寫的字。其實不然，《世說・容止篇》這八個字很清楚說的是王羲之的人，是他瀟灑自在、有神采的容貌舉止，像天空飄浮的流雲，像被驚動的蛟龍，漂亮俊挺活潑。

《世說》不是官修歷史，不必有官方意識形態的虛偽矯情。《世說・容止》關心的是人，不是書法，一頭栽在字的好壞裡，斤斤計較，大概只有傻相或鄙吝相，是不容易有「飄如游雲，矯若驚龍」的神采之美的。

執手

在婉轉漂浮如游雲的行草線條句法之間，特別深刻沉重的「手」這個字，彷彿變成很具體的身體的渴望，就是想握一握手啊，想感覺到對方的體溫，「執手」比一切想念的語言都更具象也更真實了。

——不得執手，此恨何深。
足下各自愛，
數惠告，臨書悵然。

《執手帖》看了許多次，恰好冬寒轉暖，映照著初春的明亮陽光，很想臨寫幾帖，寄給遠方久未見面的好朋友。

因為相隔兩地，沒有見面的機會，「不得執手」，握不到手。這是《詩經》裡「執子之手，與子偕老」的典故，移用到現實生活中，還是這麼貼切。書信問候，只是想握一握朋友的手，卻因為山水迢遙，見面如此艱難，「此恨何深」。

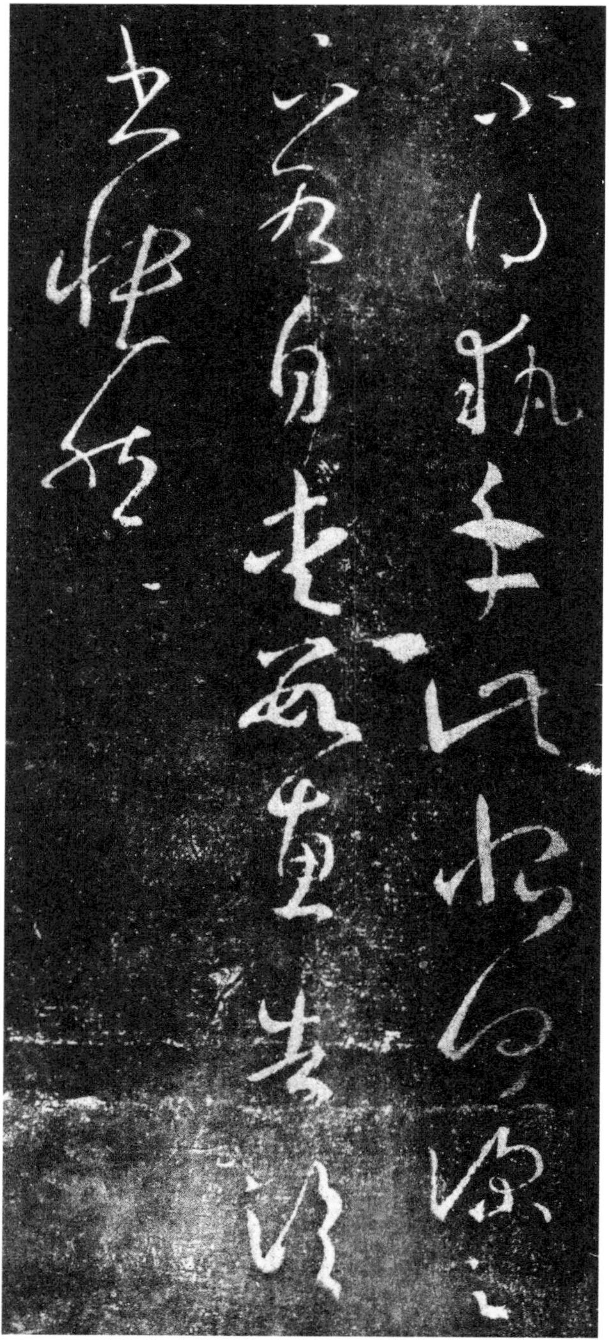

手帖上「手」這個字寫得比較重，兩條橫筆劃都有隸書波磔的意味，尤其是第一根線條，筆尖上挑出鋒，是典型隸書的「雁尾」筆法。

因為紙的使用，原來書寫在竹簡木牘上的隸書，逐漸解體，發展出行草。

比王羲之早一點的「西晉殘紙」上的書法墨跡已經在樓蘭一帶發現。像著名的

《李柏文書》，文體也是書信，字體也是行草。筆鋒流走書寫在平滑的紙上，線條自在流暢，顯然與在竹簡木牘粗纖維上寫工整隸書已經不同。「西晉殘紙」上的行草，明顯預告了不久之後東晉王羲之的出現。

在行草發展到成熟高峰的階段，王羲之的用筆還是保留了漢代隸書的某些習慣。保存在遼寧博物館的《姨母帖》裡有不少隸書水平線條的筆意，因此常被人定為是王羲之早年的作品。《執手帖》應該不是早期作品，卻也保留了像「手」這一個字，出現純然隸書的筆法。

篆、隸、行、草，可能是不同時代的書體，卻也可能在書法家筆下交錯重疊出現。如同音樂裡的宮、商、角、徵、羽，只是音符的輕重緩急，可以相互交替、對位、組織、呼應，構成美學上的節奏旋律抑揚頓挫的變化。唐代顏真卿的《裴將軍詩》就明顯在整篇書寫中組織著篆、隸、行、草各體書法的線條，全篇作品因此展現出氣魄宏大，變幻萬千的效果，如一首結構龐大豐富的交響詩。

在婉轉漂浮如游雲的行草線條句法之間，特別深刻沉重的「手」這個字，彷彿變成很具體的身體的渴望，就是想握一握手啊，想感覺到對方的體溫，「執

手」比一切想念的語言都更具象也更真實了。物體的渴望這麼真實具體，因此，無法達到的時候，「此恨何深」，才變得如此充滿遺憾的悵惘惋惜。

「足下各自愛」，「自愛」也是傳統手帖文學裡常用的辭彙。蘇東坡晚年給朋友寫信也常用到「自愛」，他的《渡海帖》有我喜歡的「晚景惟宜倍萬自愛」的句子。在孤獨荒涼的衰老之年，困頓於寂寞的旅途中，面對一切即將來臨的幻滅無奈，只有勉勵自己要努力加倍對自己好一點。

「倍萬自愛」不只是提醒關心朋友的話，也是在生命的最後說給自己聽的一句警語吧——千萬要好好愛自己啊。總覺得這句話裡都是無奈、都是孤獨，天荒地老，只能「倍萬自愛」了。

「數惠告」，好幾次收到信，有好朋友的關心，感恩，安慰。

「數惠告」後面結束在「臨書悵然」，寫這封信，心裡惆悵感傷。四個字行草流走，像一絲浮游在空中的不知何處吹來的飛絮，是春天的「裊晴絲」，若有若無，難以想像是毛筆書寫的墨跡，其實更像日久湮沒退淡掉的牆上雨痕，很不甘心地在隨歲月消逝之中。

乍暖還寒，河面上浮盪著一縷一縷的霧氣，霧氣使水波水光盪漾起來，迷離閃爍。隔著河水，對岸的山也在煙嵐雲岫裡，朦朦朧朧，若隱若現。水波流動的光有時像手帖裡的線條流走，煙嵐裡忽明忽暗的山像墨的濃淡乾濕。

因為初春，想念起遠處的幾個朋友，多看了幾次《執手帖》，也因此多看了幾次窗前薄霧煙靄中瞬息萬變的山水。

噉

很遺憾，一個書法家，用「噉」寫出他對食物的嚮往時，恰恰已經是身體不允許「噉」物的時候。是因為不能再有「噉」的快樂，這個字才寫得如此婉轉糾纏充滿悵惘感傷嗎？南方的歲月在手帖裡慢慢轉衰老了。

剛剛立春，乍暖還寒。晴暖兩三天，陽光曝曬，氣溫升高。敏感的花枝，很快珠蕾綻放，奼紫嫣紅一片，儼然是春天已經來臨的喜氣熱鬧。但是，倏乎間，東北季風一起，冷氣團南下，氣溫急速降下來，溫差十度以上。加上連綿霪雨不斷，淅淅瀝瀝，綻放不久的花朵受寒凍傷，或萎縮枝頭，或散落一地，混在骯髒泥濘中，隨汙濁漂流腐爛，使人不忍。

寒冷陰濕，什麼地方也不想去，泡一壺武夷山的岩茶大紅袍，就窩在家裡讀帖。

宋人刊刻的《淳化閣帖》很精，刻版拓本而能傳達出手帖行草的轉折韻味，刻工對手帖的了解，拓工對手帖的了解，都令人驚嘆。手帖美學已經不只是文人書寫的藝術，也帶動摹寫、雕版、拓印、裝裱好幾個層面的傳統工藝。

好的拓本不輸摹寫墨跡本，對理解手帖原作精神是很好的輔助。

——吾頃無一日佳，
衰老之弊日至。
夏不得有所噉，
而猶有勞務。
甚劣劣。

翻到《衰老帖》，反覆讀了幾次，使我想像王羲之老年身體心境的憂煩疲累。日子好像每天都不好過，到了夏天，吃不下飯，還有勞務在身，疲憊乏力。

他手帖裡常用的「噉」字又出現了。最近看王羲之手帖，常常注意到他寫的這個「噉」字，線條延展糾纏，型態漂亮，好像灰鶴伸頸、展翅，高高亮起羽翮，在空中旋繞滑翔，也讓我想到最輕盈的花式溜冰好手的飛翔縱躍。

「不得有所噉」，「噉」是生活裡「吃」的快樂，有味覺口腔上直接而真實的滿足。「噉」是「口」字偏旁的「敢」。總覺得這個字很重，寫作「啖」，雖然同音，就少了一點愛吃的「狠」勁兒。「噉」更大膽直接，有執著口感欲望的本能快樂，「口」很「敢」，牙齒咬住不放，好吃，就訴諸口腔行動。

但是，手帖裡寫「噉」這個字大多在王羲之中年以後，他似乎消化系統出了毛病，腸胃不好，總是沒有胃口，「噉」變成一種遺憾。

《轉佳帖》裡是肉脯「噉」得少了，也許因為消化不良，大多時候「噉」麵。多吃澱粉，少吃肉。（少噉脯又時噉麵）

《極寒帖》裡也談到吃不下東西——「昨暮，復大吐，小噉物，便爾。」昨天黃昏，又大吐，吃一點小東西，就這樣。

很遺憾，一個書法家，用「噉」寫出他對食物的嚮往時，恰恰已經是身體不允許「噉」物的時候。他手帖裡「噉」的重複出現，讀的時候對他充滿了同情。

是因為不能再有「噉」的快樂，這個字才寫得如此婉轉糾纏充滿悵惘感傷嗎？南方的歲月在王羲之手帖裡慢慢轉衰老了。

王羲之關於胃口食欲的描寫手帖裡還很多，《寒切帖》裡也有「吾食至少，劣劣」的句子。

《如常帖》裡寫到一次病情，很明顯也似乎與消化系統有關──「胸中淡悶，干（乾）嘔轉劇，食不可強。」胸口悶，乾嘔，吃不下東西。手帖裡的這些症狀，也許可以找出王羲之的病因。

《得涼帖》裡沒有食欲的狀況說得更嚴重了──「吾故不欲食，比來以為事，恐不可久。」

不想吃東西，長期以來困擾他，像是牽涉到心理層面的「厭食症」了。

許多王羲之手帖裡的「噉」字，使人同情起這個中年以後胃口不好的大書法家。想到他一面胸悶、乾嘔，一面寫出如此美麗的書法。讀著讀著，覺得那委婉轉折的點捺頓挫，透露著與自己身體病痛對話的聲音，衰老、悶嘔、疲憊，毛筆動靜像在艱難裡的每一次的呼吸。

因為天氣凝寒，我的身體像回復了動物在冬季某些基因的記憶，恐慌冷，恐慌沒有食物。睡眠變得很長，窩在被窩裡，旁邊儲滿食物，各種乾果。一面讀帖，一面磕乾果，南瓜子、松仁、核桃、栗子、乾棗。覺得自己很像一隻冬天的松鼠了，乾果在齒頤噬嗑間「咯咯」作響，很慶幸還能感覺「噉」這個字的質感。

平城京

奈良看到的書道，或許正是大唐張旭一類人物的狂草遺風，即興表演成分極大，大概不是用紙，更似乎是在牆上狂掃題壁，留下的墨跡隨建築頹壞消失，使人對張旭、顏真卿、懷素的「狂草」真相多只在臆測中。

奈良古稱平城，西元七一〇年建都，是日本最古老的都城。二〇一〇年是奈良建都一千三百年的紀念，有長達一整年的活動，喚起人們對「平城京」歷史的許多記憶。「平城京」隋唐時代就與中國有頻繁的接觸，唐代所崇尚的王羲之手帖，也是在那一時期傳入日本，成為日本皇室貴族爭相收藏模仿的珍寶。

奈良作為都城時間不長，僅有七十幾年，由於寺院僧侶權力太大，掌控皇室，七八四年，為了擺脫寺院對政治的牽制，遷都「平安京」，仿造當時長安都城規格建造新的京城，也就是現在的京都。

奈良作為都城，時間雖然不長，影響卻很大。尤其是深植民間的佛教信仰，從天皇到民間百姓，莫不奉為生活的中心規範。

鑑真和尚從中國六次渡海，備嘗艱辛，雙目失明，在平城京傳法不輟，西元七五九年他建立了唐招提寺，寺內的上座戒壇是由當時皇宮移去，可見鑑真受皇室尊重的程度。

「平城京」的一千三百年紀念，某一部分是對鑑真這一類「上師」在文化上影響日本的深深致敬。

鑑真帶到日本的不只是佛教信仰，也包含了當時唐代的建築、繪畫、雕塑、茶道、音樂歌舞儀式，以及影響深遠的書法。

在平城京建都一千三百年的紀念中有許多不同的表演和儀式，包括傳統宮廷雅樂、能劇、書道，也包括從西方請來的中世紀教堂吟唱聖詩的演出。

中世紀歐洲教皇格雷果里整理聖詩吟唱，在共鳴音效充滿回音的哥德大教堂以純淨人聲歌詠基督，成為西方音樂中重要的主流。或許，日本主辦單位認為平城京的傳統也同樣充滿宗教神聖美學，因此把兩者結合在一起。但是，穿著中世紀僧侶修士道袍的歌詠團，雖然聲音純淨，還是很難給我一千三百年前古平城京的文化氛圍。

或許，作為古平城京時代的奈良，的確曾經是一個嚮往世界文化的都城，嚮往

「是為法事也，何惜身命」

鑑真

唐代高僧，生卒於西元六八八～七六三年，律宗南山宗傳人，日文稱がんじん；俗姓淳于，廣陵江陽（今江蘇江都）人。天寶元年（七四二年），日僧榮睿、普照來華學佛留學，並敦請鑑真赴日傳法。鑑真欣然應允，並克服萬難，先後六次始獲成功，期間甚至曾漂流至海南島。已屆晚年的鑑真，攜帶佛經、佛具及佛像，於天寶十二年（七五三年）抵日，此時鑑真已雙目失明。但他仍致力弘法，為天皇、皇后、太子等諸皇族授菩薩戒，為沙彌近五百餘人授戒。並傳播中國文化與醫藥知識，甚至曾治癒光明皇太后及聖武太上皇。他所帶香料藥物等，至今日本奈良唐招提寺及東大寺正倉院皆存其遺跡。鑑真更獲孝謙天皇授「傳燈大法

大唐文化，嚮往印度佛教信仰，嚮往從長安一路通向西方的遙遠的西域、西亞、拜占廷、希臘、羅馬——有日本學者因此認為「絲路」的東端不應該結束在長安，而是在日本的奈良，正是一千三百年前古平城京的世界性文化理想。平城京文化高度發展的第八世紀，也正是格雷果里教皇的聖詩詠唱通行於歐洲之時。

紀念活動中特別引起我興趣的是書道的表演，在寺廟大殿，一名僧侶擊打太鼓，鼓聲激昂。另一名僧侶手持大毛筆，筆桿粗如小腿，筆的長度與人身等高。揮動這樣的「如椽大筆」，已經不像寫字，不像書法，而更接近武術擊技。

僧侶配合鼓聲，一面狂呼大叫，一面揮動蘸滿墨汁的大筆，在約兩公尺見方的白屏牆上寫字。他以筆衝撞屏牆，力度極大，墨汁迸濺，他的動作從肺腑中吼叫出來，在空白間橫掃、旋轉、頓挫、拖帶、擠壓，疾徐動靜，飛揚跋扈，完全是一場舞蹈表演。

我聯想到唐代張旭的狂草，目前看到的張旭，《肚痛帖》是石刻拓本，《古詩四首》線條如走龍蛇，速度感極強，但是看不到太多墨瀋淋漓的爆炸性筆觸。

師」、「大和上」等封號，統理日本僧佛事務；更成為日本律宗初祖。日本人民更譽之為「過海大師」、「天平之甍」——意謂其成就足以代表日天平時代文化的屋脊。其著作有《鑑上人祕方》，惜未見流傳；同時鑑真也是書法名家，其《奉請經卷狀》被目為日本國寶。七五九年，鑑真及其弟子合力設計建成唐招提寺，在營造、塑像、壁畫等方面引用唐代先進的工藝技藝，此後即在此傳律授戒。四年後，鑑真於此坐化，得年七十六歲。

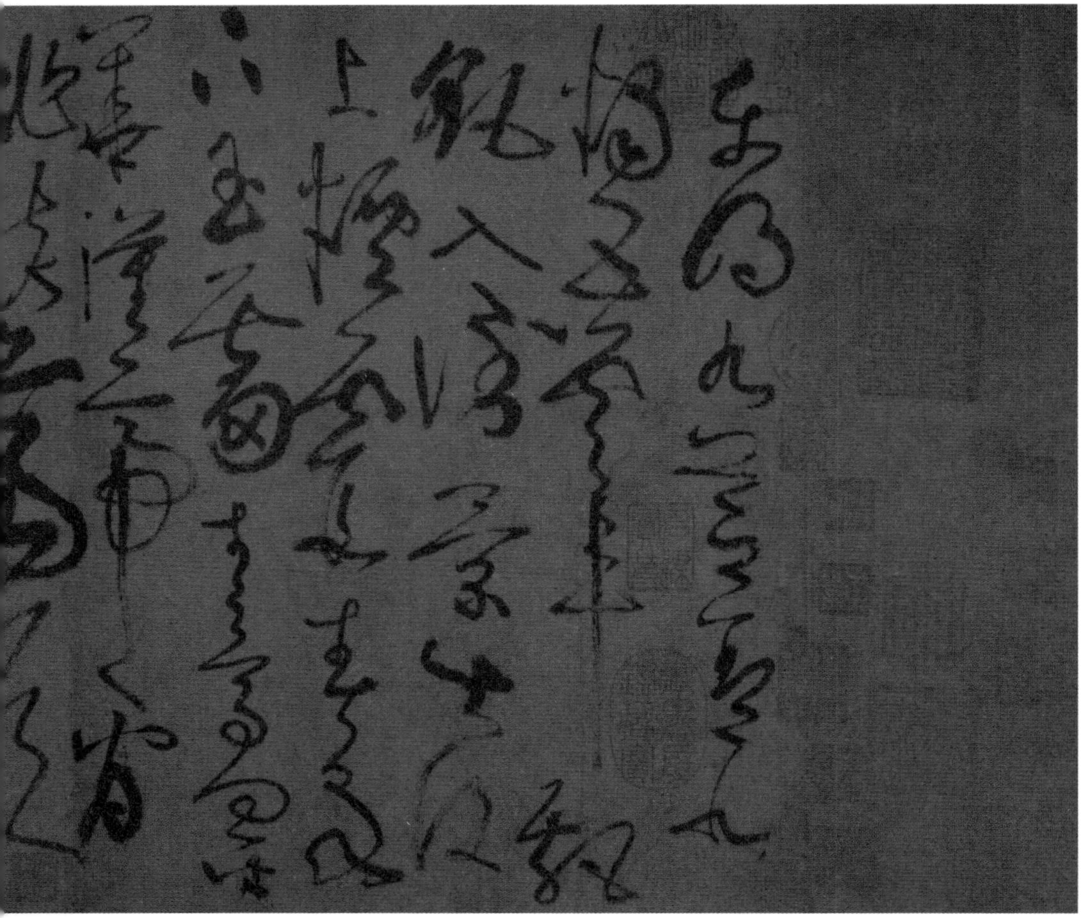

「三杯草聖傳，落紙如雲煙」

張旭《古詩四首》

墨跡本，五色箋，狂草書。縱廿八．八釐米，橫一九二．三釐米。遼寧省博物館藏。凡四十行一八八字。無款，明董其昌定為張旭書。

張旭（生卒不詳，一說是六五八～七四七年），字伯高。世稱「張長史」、「草聖」，與懷素並稱「顛張醉素」。唐文宗曾詔以李白詩歌、裴旻劍舞、張旭草書為「三絕」。亦工詩。傳世書跡有草書《肚痛帖》、《古詩四首》、楷書《郎官石柱記》等。

《古詩四首》較之過往書家作品更見狂放，章法疏密安排更出人意表，打破了魏晉時期略顯拘謹的草書風格。前兩首為庾信〈步虛詞〉，後二首是南朝謝靈運〈王子晉贊〉，以及〈四五少年贊〉（疑為偽託），墨跡中有若干字與原詩有出入。圖為古詩第一首局部。

其一：

東明九芝蓋，北燭五雲車。
飄颻入倒景，出沒上煙霞。
春泉下玉霤，青鳥向金華。
漢帝看桃核，齊侯問棘花。
應逐上元酒，同來訪蔡家。

從文字史料上來看，張旭的狂草在盛唐是一絕，他寫狂草要喝酒，要看裴旻舞劍，酒酣耳熱，劍氣如虹，張旭才狂呼大叫而起，「以頭濡墨」，書寫他驚動一時的狂草。

奈良看到的書道，或許正是大唐張旭一類人物的狂草遺風，即興表演成份極大，大概也不是用紙，「以頭濡墨」，更似乎是在牆壁上狂掃題壁，留下的墨跡隨建築頹壞消失，使人對張旭、顏真卿、懷素的「狂草」真相多只在臆測中，看到今天博物館的墨跡總覺得不像。

鼓聲停歇，僧侶靜默，動極而靜，放而能收，使我想到杜甫的「來如雷霆收震怒，罷如江海凝清光」，白色屏幕上墨痕斑斑，認得出是一個大大的「渡」字。

這是書道表演，與南朝王羲之的手帖無關，手帖還是一個人安安靜靜的寫信而已，談談心情，講講天氣，問候朋友好不好。

其二：
北闕臨丹水，南宮生絳雲。
龍泥印玉簡，大火練真文。
上元風雨散，中天哥吹分。
虛駕千尋上，空香萬里聞。

其三：謝靈運〈王子晉贊〉
淑質非不麗，難之以萬年。
儲宮非不貴，豈若上登天。
王子複清曠，區中實嘩囂。
既見浮丘公，與爾共紛繙。

其四：岩下一老公（疑偽託）〈四五少年贊〉
衡山采藥人，路迷糧亦絕。
過息岩下坐，正見相對說。
一老四五少，仙隱不別可？
其書非世教，其人必賢哲。

大福

細粉鬆爽，麻糬滑膩，咬下去，內餡兩種不同質感紅豆，一綿密，一脆實，好像踩在初雪上，鬆脆滑膩，口感豐富，使人欣悅滿足。不知道如果是王羲之，今日的手帖會是「音羽帖」，還是「大福帖」。

東京文京區音羽附近有護國寺，是幕府五代將軍德川綱吉母親「桂昌院」建立的寺廟，正殿供奉如意輪觀音。

在日本看到漢字，常有讀東晉人手帖的感覺。就像「音羽」二字，華人的地區已經不常用。古代分宮、商、角、徵、羽五音，最高、最細、最飄逸的音，稱為「羽音」。京都清水寺有「音羽瀧」，是一線細泉從高崖處懸空飛下，泉聲極細，聽覺上如聞「羽音」，因此定名「音羽瀧」。

手帖時代的文人多擅鼓琴，對「音羽」二字應該有很深感受。總覺得「音羽」二字，可以寫成很漂亮的帖。

護國寺建於十七世紀，廟門口兩尊木雕金剛力士像，兩公尺多高，猙獰威武，肌肉虯結，雙目圓睜，炯炯有神，很有叱吒天地的大唐之風。民間常說「哼哈二將」，很形象化地形容了傳統廟口守護神像又「哼」又「哈」的誇張動作姿態。寺廟安靜，有近江移來重築的桃山時代的書院「月光殿」，素樸平和，毫無霸氣，使人想起奈良的唐招提寺。

寺廟中茶花極好，白色單瓣，中間一圈黃蕊，安靜不喧譁。紅色極艷，開得爛漫，一朵一朵，在深綠色油光發亮的葉叢間，鮮明奪目，不可勝數。如天上繁星，數一數，又要從來。

花朵和星辰一樣，計量數字彷彿都無意義。

護國寺鐘塔石階前一方清晨陽光，如金黃的方巾，也像絲緞坐褥，方方整整，恰好可以容一人盤膝靜坐，把面前數錯的花都從頭再數一次。

寺前有一條大道，走不遠就看到一西式洋樓，面寬約有三十公尺，門前有希臘式巨柱，是著名的出版社——講談社。

講談社是一九〇九年成立的老字號出版公司，原來是大日本雄辯社，一九五八年才改為現在的名稱，出版青少年雜誌，舉辦漫畫徵獎比賽，出版通俗暢銷讀物，是日本活躍的出版機構，有一千多名員工。

我有許多七〇年代在神田二手書店買的畫冊都是講談社出版，因此有些熟悉的感覺，又看到出版社大樓門口懸掛大幅大江健三郎新書廣告，就停下來看了一看。早上十點鐘左右，講談社大街對面，人來人往，川流不息，不一會兒，一間小店門前就排成一列隊伍。小店門寬大約只有三公尺，店門上懸著一橫匾，白色木牌上墨書「群林堂」三個秀雅漢字。

朋友告訴我這是東京有名做傳統大福的小店，主人姓池田，創立於大正五年（一九一六年），現在的經營者已經是第二代，還堅持用傳統的方法，精選北海道富良野的紅豆，加上十勝的小豆，做出口感特殊的豆大福，近一百年來，成為東京著名小吃的老字號。

「群林堂」每天九點半開張，民眾自各地來排隊購買，賣完為止，決不多做。我忽然想起台南小巷弄裡同治年間的包子店，也一開張就引來排隊人群，老字號的品牌能不蕭條，特別使人覺得人世安穩。

朋友也告訴我，因為「講談社」有一千名員工，文化領域的工作者，多講究美食品味，「群林堂」就有了基本客戶支持。大出版社又常以小店小吃做禮物，贈送知名作家，如三島由紀夫等，有知名文人背書，「群林堂」的小吃更增加了不同的內涵。

我偶然到此，恰好是開市時間，覺得有緣，也排隊買了四個大福。重新走回到護國寺的茶花前，坐在陽光裡，打開大福來吃。

大福外層麻糬灑有白霜一樣細粉，細粉鬆爽，麻糬滑膩，咬下去，內餡兩種不同質感紅豆，一綿密，一脆實，好像踩在初雪上，鬆脆滑膩，口感豐富，使人欣悅滿足。

我無端想起，王羲之《轉佳帖》裡用到「噉」這個字。是說他身體不好，少「噉脯」，時「噉麵」。一幅手帖裡用了兩次「噉」，這個字，現代人不多用了，或有時用同音的「啖」，有嗜吃的意思。

我在冬日陽光裡口啖大福，不知道如果是王羲之，今日的手帖會是「音羽帖」，還是「大福帖」。

小津

手帖其實不是書法，手帖是洞澈生活的空靈明淨小品。小津的墓石上，沒有名字，沒有時間，沒有生平事件，沒有職稱頭銜，只有一個「無」字，在空空洞洞的碑石上，比書法家的書法更像王羲之。

手帖美學一直延續到現代日本文化，大正時期，受西洋文學影響的芥川龍之介，他的小說仍然是手帖的品味。〈羅生門〉裡各說各話的人物，使一個故事拼湊不起全貌。恰如王羲之的手帖，常常旁敲側擊，也只能領略一個時代大概的模糊輪廓。手帖裡的事件，不清晰，也不確定。

芥川最像手帖的作品是〈芋粥〉、〈鼻子〉，短小篇章，寥寥一兩頁，讀完只有人性悵然的荒謬，覺得啼笑都不宜。

我到東京根岸下町一帶閒逛，走過巢鴨，偶然經過染井靈園，在慈眼寺的墓地見到芥川的墓。一塊黑灰方石，素樸無紋飾，上刻「芥川龍之介」，字體像東晉手帖。墓側一株桂花，枝葉扶疏，我去時是冬季，已過了花期，只在墓前一拜。

芥川去過南京，是東晉的故城舊都。他寫的〈南京基督〉是信基督教患病的南

「除生死苦樂的矛盾外，別無人生」

芥川龍之介

日本小說家，號「澄江堂主人」，筆名「我鬼」。一八九二年生於東京下町。一生創作超過一百五十篇短篇小說。篇幅皆不長，但取材新穎，情節新奇甚至詭異；作品關注社會醜惡現象，但很少直接評論，卻讓讀者深有所感。代表作品如〈羅生門〉、〈竹藪中〉等已成經典之作。

一九二七年七月廿四日凌晨，芥川因「恍惚的不安」在自家書房中服食大量安眠藥自殺，懷中藏著給親友的遺書，以及〈送給舊友的手記〉與多篇遺稿。八年後，好友菊池寬設立文學新人獎「芥川賞」，現已成為日本最重要文學獎之一。

京妓女的幻象故事。芥川羸瘦削薄，很像基督。讀那篇小說，覺得也許芥川是在寫自己的前世，一千多年前那個頹苦又美麗的南朝前世。

黑澤明改編過芥川的〈羅生門〉，但是黑澤明不像南朝手帖，他有太多天下興亡的沉重，更適合拍攝史詩。

最像手帖的日本導演還是小津安二郎，他在二戰後的每一部影片都像手帖，《早安》像《快雪時情》，《晚春》像《寒切帖》，《東京物語》像極了《喪亂帖》的無聲之淚。

平凡無事生活，隨手記錄，情深到了若有若無，小津或許比許多書法家還更領悟了手帖美學的神髓。

我特別喜歡《早安》，清晨月台候車，人與人的寒暄，「早安啊——」「天氣好丫——」「謝謝啊——」「勞駕了——」完全沒有內容的對話，是日本到現代仍然保持的許多生活裡的「敬語」。像王羲之手帖裡重複說的「頓首頓首」，沒有特別意義，但是歷經戰亂，顛沛流離，生死聚散，只能珍惜說「敬語」的一點幸福了。

「家族之味，人情之美」

小津安二郎

日本電影導演，一九〇三年生於東京深川。幼時喜歡繪畫，一九二三年進入松竹映畫的蒲田攝影所當攝影助理，一九二七年正式升格為導演，首部作品為古裝片《懺悔之刃》。早期廣泛拍攝各類影片，以青春喜劇居多。大戰後則專注於以一般庶民日常生活為主的小市民電影，到一九六三年最後一部遺作《秋刀魚之味》為止，共創作五十四部作品，尤以《晚春》、《東京物語》、《彼岸花》、《秋日和》、《秋刀魚之味》等為代表作，淋漓盡致地呈現了日本文化裡的「物哀」美感。小津安二郎以低視角仰視、固定攝影機位、靜物畫般精心構圖等拍攝方式獨樹一格，也成為後進導演鑽研對象。於一九六三年誕辰病逝，享年六十歲。墓碑依其遺願，只刻一個「無」字。

手帖讀完，記得的詞彙，常常只是「頓首頓首」「奈何奈何」這些無意義的語言。

手帖其實不是書法，手帖是洞澈生活的空靈明淨小品。小津的墓石上，沒有名字，沒有時間，沒有生平事件，沒有職稱頭銜，只有一個「無」字，在空空洞洞的碑石上，比書法家的書法更像王羲之。

看小津的《晚春》常常悲從中來，戰爭過完，單親爸爸帶著女兒生活。女兒大了，守著老父親，怕父親孤單，不肯出嫁。鄰里非議父親自私，才開始相親，議論婚事。出嫁前夕，父親無眠，女兒也無眠。清晨父親起床，看到二十年來女兒為他準備的梳洗盥沐的一切，摺疊方整的毛巾，擠好牙膏的牙刷，漱口杯——鏡頭靜靜掃過，二十年歲月，二十年的依靠，二十年的委屈，二十年的心事，這是最後一次，新婦盛裝的女兒跪下，拜別父親，盈盈淚眼，只叫了一聲：「父親——」使人想到的是手帖裡的「頓首」與「奈何」。

看小津的電影常常忽然想到流傳到日本的手帖，帖裡的一兩個句子，像《喪亂帖》裡的「痛貫心肝，痛當奈何」，「臨紙感哽，不知何言」。心中哽咽，無話可說了。

《頻有哀禍帖》裡的「悲摧切割，不能自勝」，「悲」字寫得像馬勒的音樂，高亢淒厲，像一絲一絲切在肺腑上的刀痕。

《頻有哀禍帖》搖盪蕭散，京都文人的「落柿舍」，茅屋疏籬，幾株柿樹，在

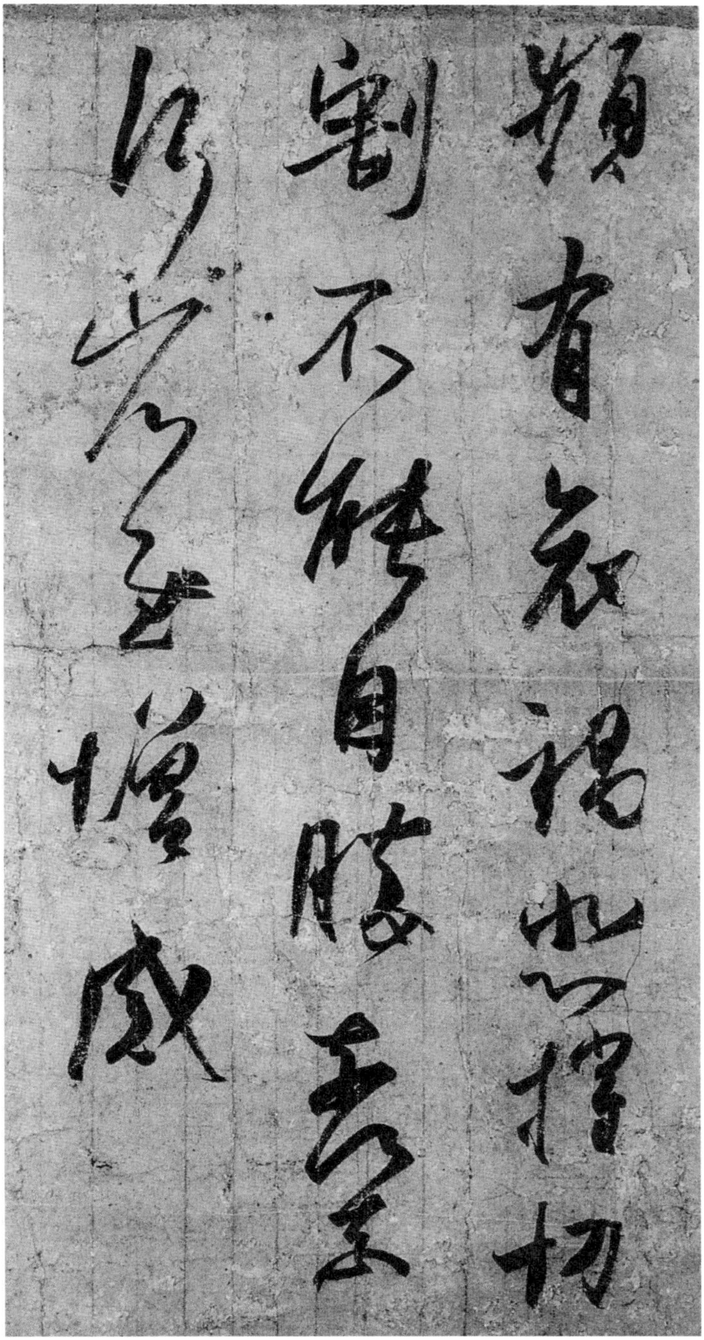

《頻有哀禍帖》
唐摹本，紙本。
縱廿六．九釐米。
三行二十字。帖文：
頻有哀禍，悲摧切割，不能自勝，奈何奈何！省慰增感。

對的季節去，樹上懸著金紅柿子；但大多時候，只是枯枝疏葉，前面一方蘿蔔菜圃，平淡到像一冊晉人手帖。

《憂懸帖》附在《孔侍中帖》之後，寥寥三行：「憂懸，不能須臾忘心，故旨遣取消息。羲之報」——總是擔憂，心放不下，所以派人詢問消息。

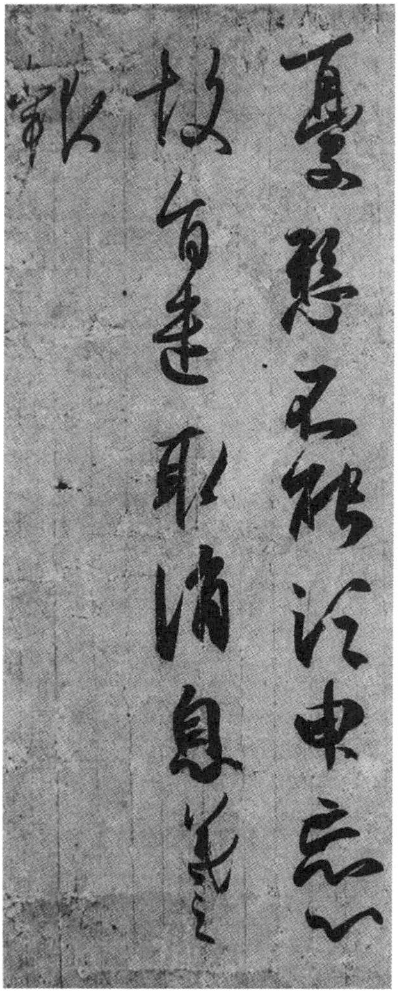

幾幅好的王羲之手帖都傳到了日本，《頻有哀禍》、《孔侍中》、《憂懸》三帖裱成一軸，收藏在前田育德會。

手帖美學在日本深入生活，連小居酒屋的點菜單，用毛筆書寫，也像手帖。

花事

花開到如此，花落到如此，使人意亂心慌，彷彿生命可以這樣奢侈揮霍，令人讚嘆，也令人感傷。無端想起王羲之手帖某一處有「雨快」二字，好痛快的雨，好爽快的雨，生命可以有一次這樣任性放肆的揮霍嗎？

京都先斗町的清晨空盪寂寥，前一夜摩肩擦踵的人群散了，一條長長的筆直巷弄，沒有行人，可以從頭看到尾，像看著每個人自己熱鬧又荒涼的一生。

巷弄兩邊，一間一間的茶室、料亭、啤酒屋、歌舞場，都關著門，沒有營業。偶然一扇窗拉開，露出一張藝伎的臉，留著昨夜的殘妝，粉白的頸子，抹紅胭脂的惺忪眼皮，匆匆眼波流轉，也即刻把窗又闔上了。

先斗町的窄巷裡有藝伎歌舞練習場，大概是一九三〇年前後的歐式建築，貼著和台北中山堂一樣的淡灰綠條紋長方磁面磚，使人想起那個學習西洋的日本明治時代。

穿過先斗町，繞到木屋町，高瀨川旁櫻花盛放滿開。

高瀨川是往昔為了運送水酒開的一條水渠，從鴨川引水，兩公尺寬，河渠下面鋪方石板，水很清淺，兩旁密植櫻花。一到櫻花盛放，天上、地下，水面上漂浮迴旋，空中隨風飛揚聚散，都是櫻花。

花瓣在水面浮盪，越聚越多，在凹窪處聚成花漚，野鴨戲水，一頭鑽潛下水，過一會兒，抬頭起來，腥綠鴨頭上一堆粉紅花瓣，惹遊人發笑。

遊人自己也腳步踉蹌，每一步踩下去都是滿滿櫻花，不知如何躲閃。花開到如此，花落到如此，使人意亂心慌，彷彿生命可以這樣奢侈揮霍，令人讚嘆，也令人感傷。

無端想起王羲之手帖某一處有「雨快」二字，好痛快的雨，好爽快的雨，生命可以有一次這樣任性放肆的揮霍嗎？

鄰近街道有救護車駛過，嗚嗚尖銳警笛，刺耳鳴叫，由遠而近，由近又遠。好像吊著一個垂死掙扎的心臟，鼓動膨脹，卻又隨時都要停止，令人膽跳心驚。看花的人都一時回頭張望，沒有看到什麼，只是漠然等候救護車嗚嗚尖銳叫聲去遠。

而花依然這樣飄零四散，沒有一點動容，沒有一點收斂，沒有惋惜，也沒有留戀。

雨快二字
取自王羲之《雨快帖》，
原帖文：
三月十六日羲之白。一昨省不。悉雨快。君可不。萬石轉差也。炙得力不。不得後問。懸悒不知懷。君云當有旨。信遲望其至。僕劣劣。故遣不具。還具示。王羲之。

高瀨川是小街道旁的水渠，在小空間裡，花的繁盛特別顯得密聚濃烈，春天的撒野也特別令人驚心動魄。

從高瀨川轉到鴨川，河面寬闊，尤其是出町柳一帶，賀茂川與高野川，兩條大河，自北南來，在此匯聚，水勢浩蕩，洶湧彭湃。兩岸也都有櫻花，但天遼地闊，江山邈遠，花變成只是天地江山間一點點渺小點綴，遠遠救護車的鳴笛也不容易使人驚動。

鴨川河床水中鋪墊有一公尺見方的大石塊，十幾塊巨石排成一列，可以從此岸踩踏石塊到彼岸去。有的石塊粗粗雕成石龜形狀，像一隻隻大龜浮水泅泳，人們就踩著龜背渡河。

從鴨川上溯到高野川，沿河往京都東北方走去，大約一兩小時，沿岸都是老櫻花樹，斜枝橫伸，長長迎向水面，幾乎緊貼在水上，花枝搖漾，隨水波起伏低昂，臨水自照，花影迷離，恍如在水波明鏡忽然看到自己，也不由得悸動驚慌起來。

這一帶遊客也少，四周無喧譁，偶然有學校教師帶小學生看花，兒童也並不喧鬧，三三兩兩躺在堤岸坡地上，看空中花片飄落，落在髮髻、額上、胸前、手上，兒童就拿花在手指間把玩。

高野川整治得很好，兩側堤岸高低都有路徑、草坡、座椅，方便遊人從不同角度賞看櫻花。

河流的堤岸太過人工也會失了生態原始秩序，高野川的堤岸多處還是土坡，也多沙渚，長著一叢一叢的草和野菜，有當地婦人提籃蹲在渚上採摘野菜，不覺得是在繁華都市。

河流中央也有沙洲，白鷺棲息，野鴨游泳，烏鴉低頭覓食，小小白鶺鴒在草叢間閃動跳躍。

河流是許多生命的棲息之所，城市河流如果失去生態循環，也不會孕育有生命力的城市居民吧。

白鷺一展翅，翱翔飄蕩，像仙人棹雲而來。野鴨呱呱大叫，奮力疾飛，如箭矢激射而出，在水面劃出長長一道水痕。

鳶飛戾天，魚躍於淵，高野川兩岸，春天的花還是自顧自地飄零飛揚。

書空

我還是喜歡《世說》舊本，「我與我，周旋久。寧做我。」沒有比較之心，沒有輸贏，只是回來做自己，是在墓所住了十年的人應該有的領悟。然而，為何殷浩最後還是落入了「書空咄咄」的結局？

讀《世說新語》，對殷浩這個人，很感興趣。

殷浩不是書法家，也沒有書法作品傳世。但是他有一個故事流傳很廣，常讓我想到書法，一種沒有作品存留下來的書法。

殷浩兵敗，被廢為庶人，對著空中寫字。一般人看到他用手在虛空比畫，像精神錯亂的囈語。有心人隨他空中的點捺筆畫研究，發現是「咄咄怪事」四個字。

「咄咄」只是聲音，人在悲痛、憤怒、受傷中，像回復到動物本能，身體裡會發出「咄！」「咄！」沒有意義卻充滿情緒心事的連續聲音。

殷浩如果把四個字用毛筆沾墨寫下來，就是書法了。但是他只是用手指在空中畫字，一種看不見的字，一種沒有形跡的書法，民間成語叫作「書空咄咄」。

我在思維「書空」兩個字的意義，像沒有招式的武功，像東方哲學說的「大象無形」，不可捉摸、無有形跡。

《世說新語》裡關於殷浩的片段散在不同篇章，零碎而不能連貫。那些零碎片段，卻似乎可以拼圖出一個極具文學性的「殷浩」，充滿人性上的矛盾，充滿領悟與執著之間的糾纏，也許是進入晉人生命形式一個有趣的範例。

殷浩早年的生活有一則故事值得注意，是他曾經在「墓所」住了十年左右。選擇住在墓地，長達十年，不是普通人會有的行徑。殷浩住在墓地，卻聲名遠播，當時輿論把他比擬管仲、諸葛亮。並且開始傳出一種「民調」——殷浩出不出來作官，將是影響東晉政權存亡的關鍵。《世說》用的句子是「起不起，以卜江左興亡」。

殷浩住在墓地，或許像武俠傳說的高手，勘悟生死，了無罣礙。當然，也一定有人認為殷浩是以此作為追逐名利的捷徑。因為殷浩最終出來做官了，不但做官，而且大權在握，攪入東晉最險惡的政治權力鬥爭之中。

《世說》記錄殷浩最多的地方在〈文學篇〉。從多達十幾條的記錄裡可以揣摩出一個才華橫溢的殷浩。他思辨能力極強，精通《易》、《老》、《莊》、魏

殷浩，桓溫

殷浩（三〇三～三五六年），東晉大臣，字淵源，陳郡長平（今河南西華）人。殷浩識度清遠，弱冠有美名。尤善玄言，屢辭徵召，為風流談論者所宗。建元初（西元三四三年）徵為建開將軍。永和五年（三四九年），後趙主石虎死，北方再度混亂，朝廷以浩都督揚、豫、徐、兗、青五州軍事。浩以定中原為己任，上疏北伐。因部將姚襄反，浩遣將擊之。軍敗，遭廢為庶人，以此鬱鬱而終。卒後追復本官。著有文集五卷（《唐書經籍志》、《隋書志》作四卷）傳世。

桓溫（三一二～三七三年），字元子，東晉大將，譙國龍亢（今安徽懷遠）人。官至征西大將軍、大司馬、南郡宣武公。

殷浩北伐大敗，桓溫遂掌大權。並分別於永和十年（三五四年）、永和十二年（三五六年）、太和四年

晉玄學，深入佛法經典，他論辯才性的同、異、離、合，承繼魏正始以來《四本論》的一脈傳統。東晉江左風流，殷浩在名士間曾驚動一時，在所有「清言」的場合都留下他俊逸非凡的身影。

這樣英姿風發的殷浩，是那個曾經在墓所住了十年了悟生死的殷浩嗎？

他在座的場合，東晉政權核心人物司馬昱，權臣庾亮、褚裒、桓溫、王導、謝安也都在座，而同時一代高僧像慧遠、支道林也都與他有過論辯，初到江左的胡僧康僧淵在市肆乞討維生，也是殷浩請到家中，與賓客言及義理。

在市集酒肆中，把一名衣衫襤褸的乞丐請到家裡，為權貴說佛法大義。這段故事，也使人覺得殷浩像俠客傳奇裡的不凡高手。

有人問殷浩：為何夢到棺材會做官，夢到糞便會得財富？殷浩說：官是屍臭，財富本是糞土。

可以想見憤世嫉俗的魏晉名士聽到這樣回答時的快樂。這也是殷浩故事被引用得最廣的一段。

但是，殷浩還是一個謎？

（三六九年）北伐，初皆捷，但卻未能持續獲得關鍵性戰果。三六一年至三七三年（海西公、簡文帝、孝武帝）間，桓溫獨攬朝政，欲篡位自立，但多方顧慮未能發難，憂憤而死。追贈丞相。著有〈請還都洛陽疏〉、〈辭參朝政疏〉、〈上疏自陳〉、〈檄胡文〉等。

這個讀佛經「小品」認真到作兩百多則小字註記的「清談者」，究竟為何出來做了官？為何陷入充滿政治鬥爭的漩渦中？

當時東晉政權握在桓溫手中，執政者懼憚桓溫權力太大，利用殷浩，制衡桓溫。殷浩曾經數次與桓溫交鋒，桓溫直截了當問殷浩：我跟你比，如何？這是正面挑釁了，殷浩回答得極巧妙，他說：我與我周旋久，寧做我。這一句話有不同解讀，有人認為是「我與君周旋久，寧做我。」

我還是喜歡《世說》舊本，「我與我，周旋久。寧做我。」沒有比較之心，沒有輸贏，只是回來做自己，是在墓所住了十年的人應該有的領悟。

然而，為何殷浩最後還是落入了「書空咄咄」的結局？

也許應該讀一讀王羲之寫給殷浩的信了。

永和九年

王羲之分析天下形勢，衡量南北兵力強弱，對殷浩的貿然北伐，期期然以為不可——「宇宙雖廣，自容何所？」一個長年精研老莊易理佛學的殷浩，竟然讀不懂王羲之這八個字的深刻意義嗎？

暮春時節，不能不想到蘭亭。

永和九年，王羲之與四十幾位朋友親眷走向蘭亭，留下了傳世不朽的文學經典與書法名作。也正是那一年，殷浩出兵北伐，結果前鋒姚襄陣前背叛，殷浩大敗，折損數萬兵力，朝野沸騰，給政敵桓溫一個最好的機會，上疏朝廷，歷數殷浩罪狀，殷浩因此被廢為庶人。

從權力的雲端墜落，在悔恨、驚懼、怨痛、羞恥的情緒折磨下，殷浩在空中重複書寫著「咄」「咄」「怪事」。

政治殘酷鬥爭，殷浩沒有被政敵處死，只是廢為庶人，在晉代歷史上已屬幸運了。他的心事卻無法平靜，或許因為政治的恐懼，他的落寞傷痛也沒有變成可以流傳下來的書法墨跡，只是在虛空中比畫，隨風聲嘆息逝去。

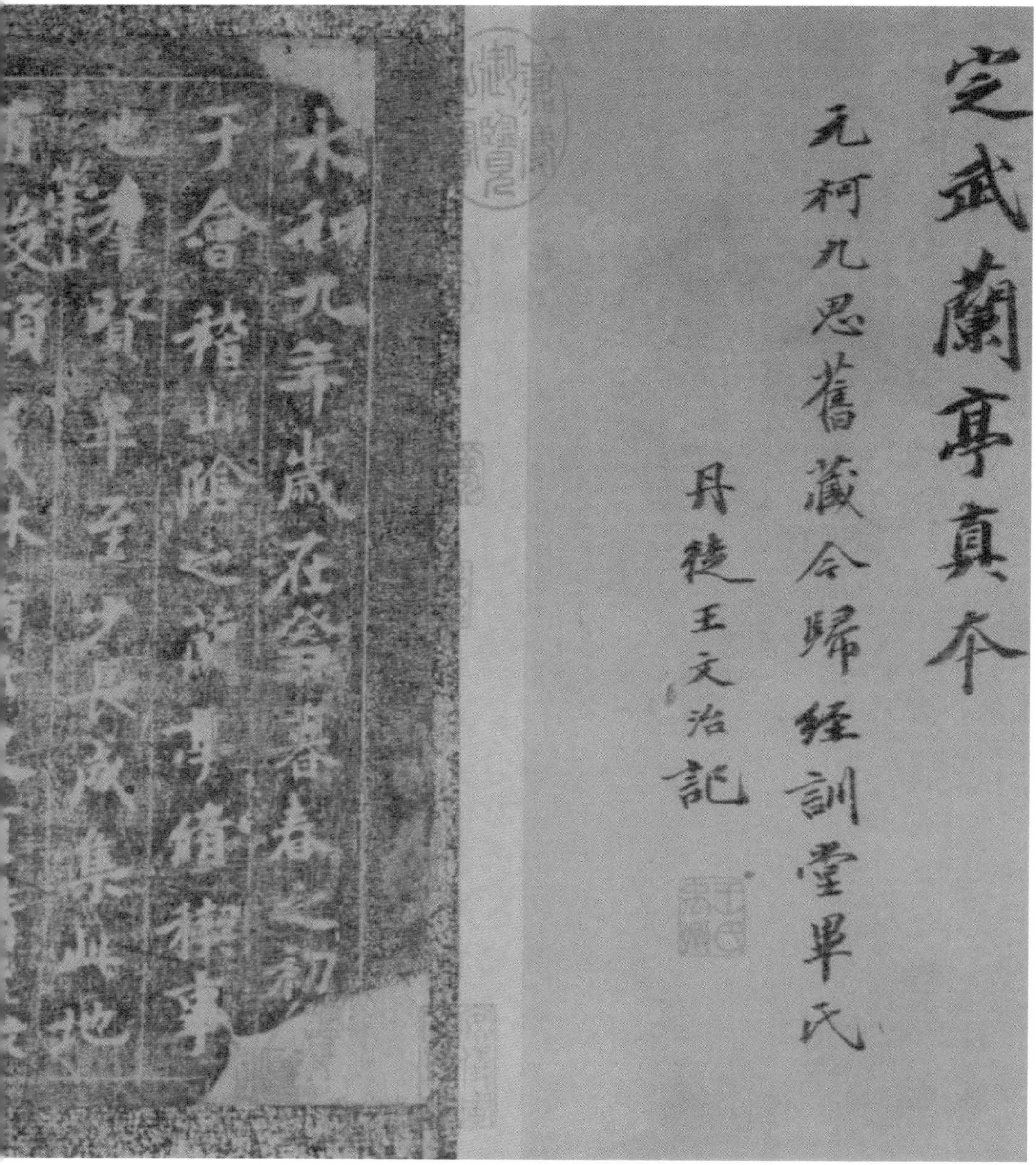

王羲之《蘭亭序》定武真本，石刻拓本。

列坐其次雖無絲竹管弦
之盛一觴一詠亦足以暢敘幽情
是日也天朗氣清惠風和暢仰
觀宇宙之大俯察品類之盛
所以遊目騁懷足以極視聽之
娛信可樂也夫人之相與俯仰
一世或取諸懷抱悟言一室之內
或因寄所託放浪形骸之外雖
趣舍萬殊靜躁不同當其欣
於所遇暫得於己快然自足

殷浩掌握大權時，曾經邀請王羲之出來做官，王羲之回了一封信，〈王羲之報殷浩書〉，是魏晉文學裡大家熟悉的一篇文字。

王羲之信寫得很委婉，一開始表示自己從不想做官——「吾素自無廊廟志」，連他的伯父王導做丞相時，要他出來做官，他也拒絕了。王羲之特別舉證，拒絕做官的那封信都還在，「手跡猶存，由來尚矣，不於足下參政而方進退」。王羲之聲明不是因為殷浩才不出來做官。世家子弟，知道政治現實殘酷，謹慎回應，不敢有一點掉以輕心。

王羲之回答殷浩的信，只強調自己一向無仕宦之心，卻不敢讓殷浩有感覺到被拒絕的難堪。信的第二段仍然反覆說明如果與殷浩共事，將全力為他效命——「若蒙驅使，關、隴、巴蜀，皆所不辭。」殷浩被起用是在永和二年（三四六年），王羲之回絕殷浩邀請做官應該也大概在此時。

永和八年（三五二年）殷浩出兵北伐，王羲之也曾經寫信阻止，王羲之認為當時東晉並沒有向北方用兵的能力，應該力保長江以南的安定，使庶民免於塗炭。「力爭武功，非所當作」。王羲之分析天下形勢，衡量南北兵力強弱，對

《蘭亭序》

又名《蘭亭宴集序》、《蘭亭集序》、《臨河序》、《禊序》、《禊貼》。行書法帖。東晉穆帝永和九年（西元三五三年）農曆三月三日，王羲之同謝安、孫綽等四十一人在紹興（會稽山陰）城西南的蘭亭修禊（到河邊沉濯，以祓除不祥，清除積垢），眾人飲酒賦詩，匯詩成集，羲之即興揮毫（此說至今猶有爭議）作序，即成《蘭亭序》。

此帖為草稿，廿八行，三二四字，記述當時文人雅集情景；後世咸以此為王羲之書藝顛峰之作。據傳唐太宗死時將其殉葬昭陵，致僅有摹本傳世，而以馮承素所摹「神龍本」最著，石刻則首推「定武本」。宋代米芾稱之為「天下行書第一」。宋高宗亦對之有「遒媚勁健，絕代所無」之譽。

原文：

永和九年，歲在癸丑，暮春之初，會於會稽山陰之蘭亭，修禊事也。群賢畢至，少長咸集。此地有崇山峻岭，茂林修竹；又有清流激湍，映帶左右，引以為流觴曲水，列坐其次。雖無絲竹管弦之盛，一觴一詠，亦足以暢敘幽情。

殷浩的貿然北伐，期期然以為不可。王羲之對這次北伐的悲劇性說了八個字——「宇宙雖廣，自容何所」，宇宙這麼廣大，你要在哪裡立足容身？一個長年精研老莊易理佛學的殷浩，竟然讀不懂王羲之這八個字的深刻意義嗎？

王羲之終於沒有走向官場，而是走向了蘭亭。在永和九年的春天，王羲之走在蘭亭山陰道上，那一天，「天朗氣清，惠風和暢」，那一天，路的兩旁是「崇山峻嶺，茂林修竹，清流激湍，映帶左右」，王羲之寫下了動人的句子——「仰觀宇宙之大，俯察品類之盛，所以游目騁懷，足以極視聽之娛，信可樂也。」

兩次談到「宇宙之大」，一次是預知殷浩軍事行動悲劇的結局，一次是在殷浩出兵之後帶領子姪好友走向蘭亭的春天。

永和九年，殷浩走向了他已無法控制的政治陷阱，帶領大軍，以剛投降三年的羌族將領姚襄領兵，北伐後趙。

一個在墓所韜光養晦十年的殷浩，一個讀佛經「小品」作兩百多條註記的殷浩，一個高談闊論才性異同讓一代精英名士汗顏的殷浩，因為權力的得意，一

是日也，天朗氣清，惠風和暢。仰觀宇宙之大，俯察品類之盛。所以遊目騁懷，足以極視聽之娛，信可樂也。

夫人之相與，俯仰一世，或取諸懷抱，悟言一室之內；或因寄所託，放浪形骸之外。雖趣舍萬殊，靜躁不同，當其欣於所遇，暫得於己，快然自足，曾不知老之將至；及其所之既倦，情隨事遷，感慨系之矣。向之所欣，俛仰之間，已為陳跡，猶不能不以之興懷。況修短隨化，終期於盡。古人云：「死生亦大矣。」豈不痛哉！

每覽昔人興感之由，若合一契，未嘗不臨文嗟悼，不能喻之於懷。固知一死生為虛誕，齊彭殤為妄作。後之視今，亦猶今之視昔。悲夫！故列敘時人，錄其所述，雖世殊事異，所以興懷，其致一也。後之覽者，亦將有感於斯文。

時迷失在政治陷阱之中，走向兵敗如山倒的悲劇。長久等待除掉殷浩的權臣桓溫暗自竊喜，因為政敵正走向預設好的圈套。

永和九年十月，殷浩率領大軍七萬，以姚襄為前驅，姚襄陣前叛變，殷浩大敗。

殷浩的故事還留下一個更難堪的笑話——桓溫公開表示，殷浩罪過不大，只是不適合領軍，想再度起用殷浩做政務官。殷浩在被廢黜的絕望裡突然聽到這消息，感激涕零，立刻寫信感謝桓溫。信寫好了，總覺得還不夠懇切，一再拿出來看，如此反覆十餘次，最後竟然寄出了一封空函。桓溫收到空函，大怒，以為殷浩戲弄他，殷浩因此再也無翻身之日，鬱鬱而死。

永和九年春天，王羲之應該慶幸他走向了蘭亭。

苦楝

最好的書法裡有動人的墨的微塵的流動，是閃動著豐富色相如夢如幻的一種光。經過一千多年，那燃燒後飛升起來的樹木的微塵，凝聚渙散在紙上，像遠遠看到的苦楝的紫霧之光，說著「是身如幻」的故事。

城市裡預告春天來臨的花常常是杜鵑。杜鵑有白有紅，姹紅深紫，錯雜堆疊，色彩繽紛。幾日春雨，一夕之間，各種顏色艷麗的杜鵑綻放，花團錦簇，堆擁在城市馬路兩邊的花圃，使人驚動，像歐洲巴洛克時代君王蒞臨大廳時的嘹喨號角，高亢而華麗。

離開城市，島嶼四處也都是春天了。在僻靜山野間，在遼闊的水岸角落，在少有旅人經過的幽長小徑，在廢棄頹壞的社區房舍巷弄，也有一叢叢的花樹預告春天的降臨，是淺淡粉紫的苦楝花，靜悄悄，無聲無息，在高大樹上開成一片一片。

苦楝樹可以長到十公尺以上，主幹粗壯，枝葉扶疏，有一種大樹的氣派。

二月底，剛過完春節，天氣一時轉暖，苦楝陸續開花了。

花開在高大的樹梢，一蓬一蓬，一簇一簇，要有遠觀的距離，才看到苦楝開花時盛大的全貌。那一片無邊無際、若有若無的淺粉淡紫，像浩大的春光，安安靜靜，緩緩流動，沒有一點霸道，沒有一點存在的驕矜與傲慢。

三月初，坐火車從花蓮到台東去。沿路經過鳳林、瑞穗、富里、池上、海端、月美、鹿野——整個花東縱貫線，兩側山坡上，全都是苦楝，迷迷濛濛，隔著車窗，在火車緩緩滑行的速度裡，遠遠望去，像一片一片淺紫色的霧，在初春的陽光裡搖漾浮游，如夢如幻。

春天的來臨也可以這樣安靜，像心中喜悅，嘴角眉梢盪漾起來的一點點微笑，淡到不容易覺察。

苦楝是高大喬木，花卻精緻細小。五瓣的裂萼，淺淺的粉色，細小蕊心上一點輕細的淺紫。花瓣比油桐、七里香還細巧，遠望看不出花的形狀，襯托在一片蔥綠的樹葉間，只是一片濛濛的極淺極淡的紫色的霧光。像二十世紀初印象派和象徵主義的粉彩畫，使人想起竇嘉（Degas），想起何冬（Redon）。

粉彩是嬌嫩輕盈的色彩，像蝴蝶翅翼上斑斕的細粉，不堪觸碰，一碰就要隨風散化逝去。

巴黎奧塞美術館頂樓有一間小小陳列室，有竇嘉小幅的紙本粉彩精品，展覽室裡連光線都幽闇，怕光線太強，傷了紙，也傷了粉彩。

苦楝的色彩太像粉彩了，一株巨大的苦楝，千萬朵小花連成一片紫色煙霧，在蔥綠色羽狀細長的葉叢上隨風扶搖，似花還似非花，迷離輕盈，葉子和花，都像一縷一縷用手不能盈握的光，即使握到，也頃刻就要流逝散化而去。

其實春天河面上慢慢流動的霧也是帶著淺淺的紫色的。通常那「紫」不完全是色彩，而是一種光。色彩著相，光卻是無常。

苦楝淺淡的紫霧之光使我想起《維摩詰經》的句子——「是身如幻，從顛倒起」。

我們貪愛執著的，竟常常並不具體，也無色相，彷彿只是前世糾纏過一時忘不掉的記憶。

看完苦楝回頭來讀晉人手帖，覺得字跡裡也都是淺淺的紫霧的光。

汝不可言，未有集聚日，但有慨歎。

《淳化閣帖》裡的拓本應該是墨色的，為什麼我看到了紫霧色的光？

《寒切帖》是唐人的摹本墨跡，墨色裡也有紫霧的光。

「墨」其實不是「黑」。真正的「墨」是松煙，或桐煙，松木或桐木燃燒升起的煙。煙升到最頂端是「頂煙」，是最細小最輕盈的樹木分解散化剩下的微塵。最好的書法裡有動人的墨的微塵的流動，因此不是凝滯呆板沒有變化的黑，而是閃動著豐富色相如夢如幻的一種光。

《寒切帖》的唐摹本是我看過最美的墨色，經過一千多年，那燃燒後飛升起來的樹木的微塵，凝聚渙散在紙上，像遠遠看到的苦楝的紫霧之光，用不同的方式說著「是身如幻」的故事。

三月十七日，河面上吹南風，河岸邊兩年前移種的苦楝，一株一株開花了，姹紫嫣紅，花隨葉片飛揚，像鳳凰的尾羽。新種的樹，雖不高大，花容也頗可觀。

四、五十年後，看倦晉人手帖，走到河岸邊看花的人，會看到更盛大的春天吧。

聲明

良忍帶領的聲明修習道場，使魚山一帶的流水都與音樂有了緣分，來迎院兩側溪澗，一稱呂川，一稱律川，彷彿也都合了樂律，是山水間的黃鐘大呂。

京都東北比叡山一帶，山巒蒼翠起伏，十分幽靜，是秋天觀賞楓葉的好處所。尤其是三千院的紅葉，一到秋深，綠黃褐紅，重疊交錯，覆蓋在山路小徑溪澗兩旁，色澤層次，變化萬千，遊客在山路窄徑上迂迴留連讚嘆，絡繹不絕。

川端康成在〈古都〉裡提到三千院，卻不是秋天的紅葉，而是初春剛剛綻放抽長的新楓的翠綠新葉。

四月二日到京都，正是櫻花盛放滿開，因為川端的〈古都〉使我去走了一趟三千院。

從大原下車，沿山路向上攀爬，小小山路，一旁是潺潺不斷的呂川，溪澗水聲琤琤琮琮，像玉石相撞敲擊的輕細脆亮之聲。

兩側山坡上一株一株筆直俊挺拔起二十餘公尺的水杉，林隙光影迷離，偶然一

「美在於發現，在於邂逅」

川端康成

川端康成（一八九九～一九七二年），日本新感覺派作家。於一九六八年以《雪國》、《千羽鶴》及《古都》等作品獲得諾貝爾文學獎，是獲得該獎項首位日本作家。

《古都》為川端康成晚年於一九六二年發表的中篇小說。小說處理戰後居住在「古都」

線陽光照亮剛抽出的一簇楓葉新芽，果然鮮明亮眼，卻又幽靜沉著，沒有春花的喧譁。

其實更好的是遊人稀少，遊客都擁擠在山下看花，沒有人在這個季節上山，新嫩的楓葉怡然自得，可以在春雨中靜靜生長。

三千院是大寺院，佛事頻繁，也有車徑可以到達。

三千院過了，沿呂川上溯，山徑更陡斜，呂川溪澗深谷亂石間急湍飛瀑，水聲嗚咽、悲鳴、嘯叫，高亢如篳篥，使我想起雅樂裡的〈春鶯囀〉。

山路高處有寺名來迎院，是極素樸簡靜的禪院，小小殿廡，供奉藥師、釋迦、彌陀三尊，門扉虛掩，滿地蒼翠青苔，沒有遊客，也不見寺僧。

來迎院是九世紀慈覺大師圓仁（七九四～八六四年）開山的道場，圓仁曾留學中國，在五台山修習佛家誦唸佛經梵唄的「聲明」，回國後，選擇了比叡山一處像五台山的處所，命名魚山，建寺授徒，傳習「聲明」。

京都寺院裡常聽到誦經聲明，覺得是為做佛事念誦經文，內容意義多過聲音本質的要求。但以「聲明」的傳習來看，誦經念佛也是僧侶信眾以聲音修行的一

京都的庶民家庭與工藝匠人徘徊在傳統與現代之間種種愛憎煩惱情境，也呈現京都各種節日與季節變化的豐富風貌；並以京都各處名勝為背景，演繹人物關係。其中三千院座落其間的北山杉林區，即是故事場景之一。

三千院為天台宗寺院，原稱圓融院、圓德院、梨本坊，山號魚山，創建於一一一八年。寺內主祀阿彌陀如來。寺內古樹參天，青苔遍地，溪水潺潺，四月櫻、五月杜鵑、七月紫陽花、秋季紅葉，一年四季自然景致令人賞心悅目。

種法門，聲音離開文字語言，還原成呼吸，脈搏律動，還原成最單純的心事。

圓仁在大原開創了聲明修習道場，從九世紀到十二世紀，數百年間，傳法不斷，徒眾甚多，傳承日本聲明的一脈煙火，也入世為人間誦唸，在憤怒、嗔恨、嘻笑、泣咽、哭聲的喧譁裡用聲音的專注為眾生昇華出心靈靜定。

十一世紀末十二世紀初，大原的聲明道場有了新一代弘法大師良忍（一〇七二～一一三二年），在圓仁的道場建來迎院，使大原一派的聲明修習發揚光大，成為日本誦經梵唄的中心。

據說，良忍每日誦唸《法華經》，為了修習聲音的專一、安定、沉著，他帶領徒眾在來迎院的後山一處水聲喧譁的瀑布崖石邊大聲誦經。良忍聲音精進勇猛，帶領眾僧徒，用聲音佛號與水聲日日對話。

傳說當時參與聲明的在場者，最後聽不到水聲，水聲融入聲明，一念專一，喧譁可以沉澱，四野寂靜，天地無聲，是聲明修行的最終功課吧。

這一處飛瀑因此被命名為「音無之瀧」，「瀧」音「霜」，原是流泉之意。北投還有幾處泉稱「瀧」，用了古字。京都清水寺有著名的「音羽瀧」，是懸空一線飛瀑，聲音輕細美如羽音。而來迎院的飛瀑則是眾聲喧譁都入寂滅，因此是「音無之瀧」。

我走到來迎院山後，呂川源頭，一片高數十公尺的石壁，瀑布流泉千絲萬縷，傾瀉而下，水聲喧譁，靜坐凝神，知道還有聲明的功課要做。

良忍帶領的聲明修習道場，使魚山一帶的流水都與音樂有了緣分，來迎院兩側溪澗，一稱呂川，一稱律川，彷彿也都合了樂律，是山水間的黃鐘大呂。

呂川律川會入高野川，已是京都平野田疇。高野川在出町柳與賀茂川匯合，就是流入京都繁華街市間的鴨川。鴨川浩蕩，春天兩岸紛飛著櫻花，遊人如織，已經距聲明道場的「音無瀧」源頭頗有一段距離了。

蛇驚

孫過庭《書譜》裡說的「鴻飛、獸駭」「鸞舞、蛇驚」都是在講筆法，——飛起的大雁，受驚嚇的獸，飛舞的鸞鶴，驚動竄起的長蛇——漢字書法，或許隱藏著通向自然生命的密碼，可以耐心解讀。

在高野川畔堤岸兩三天，無事走走，不只是看花，也看夜鷺飛翔，看野鴨游泳，看白鶺鴒在草叢岸邊閃動。

夜鷺展翅時，翅翮下亮出很淡的紫灰色，雙翅張開不動，靜靜在空氣中滑翔飛過，那灰紫，似曾相識，記起正倉院裱褙王羲之《頻有哀禍帖》在久遠歲月裡褪了色的那一片殘損縹綾。

不知何時在花樹下石凳睡去，睡醒，身上滿滿都是花瓣，拂去，一一撩在水中，引來一群野鴨，水上浮花一一被野鴨叼啣了去。

野鴨在落花間來去游泳，三三兩兩，牠們身後盪漾開一個倒三角形拖得長長的水痕波影。波影閃動粼粼水光，是米芾藏在東京博物館的《虹縣詩卷》裡最美的墨色飛白。船行江中，風振襟袖，鬚髮皆動，下筆才可以如水波光影，迷離撲朔，不可捉摸吧。米芾有許多大件漂亮行書，多是在船行江中時寫的詩卷。草叢水邊黑白相間明麗的白鶺鴒特別嬌小，處處晃動，那潔淨的黑白相襯，像一冊乾淨漂亮的歐陽詢《卜商帖》，尖峭剛利，虛實分明，沒有模糊之處。有時候害怕初唐歐陽詢的過度嚴謹剛銳，要到盛唐轉中唐，顏真卿的飽滿大氣出現才使人安心。

烏鴉是特別胖大的，有一種重拙，有一種既慵憨又自負的神氣，傲然在沙渚間走動巡視，好像不覺得自己是一隻鳥。

初到河邊，總是被花開爛漫吸引。第二次來，第三次來，看到的常常不是花，是花落在水面，隨水浮盪迴旋漂流的變化。花引導著視覺去觀看水波去向，或快或慢，或沉浮，或跳躍，或迴盪，或停滯，或原地旋轉，或靜靜徘徊；或溶溶盪盪，匯聚成濃密一片，或一縷一縷，隨水流成絲、流成線，若斷若續，彷彿點點涓涓流成時間歲月。

河水中流，波濤洶湧，從閘門堤壩上直瀉而下，水花濺迸，掀起雪白浪花。留在水面上的浮花也跳躍沉浮，隨浪蕊上下搖擺晃動，在急速漩渦裡打轉翻騰。

水流緩和之後，水勢豐沛，表面平靜，底層內在都是湧動的力量，使人想起顏真卿《祭侄文稿》筆勢間架線條的飽滿大氣。

沙渚淺窪凹處，水流迴盪，清淺可見水底石礫，水草水藻左右流動滉漾，細膩牽連如絹帩細絲，每一筆都像趙孟頫臨寫的《定武蘭亭》。筆鋒牽絲，如花蕊臨風，是湯顯祖《牡丹亭》絕唱的一句「裊晴絲，吹來閑庭院，搖漾春如線——」春真如線了，細絲飛絮，明明沒有，看不見，抓不到，卻使人煩愁繚亂。

沙渚邊緣，看水波盪漾迴旋，看到有一公尺長蛇游動，我有些驚訝，初春攝氏十一二度的氣溫竟有蛇活躍。

不一會兒，有胖大烏鴉飛來，在蛇身四周走來走去，端詳檢查。原來游動的長蛇忽然靜止，彷彿死去一般，完全不動。烏鴉看了很久，似乎無法判斷真偽，最後繞到蛇的尾部，對著長蛇尾端細處，一喙叼下。蛇一受驚，如箭矢一般直射而出，從沙渚衝向水面，凌貼水面飛去，游到對岸沙渚，水面留下一線銳利水痕，像趙佶瘦金體的絕對犀利，無有妥協。

長蛇頃刻消失在草叢間，烏鴉一時失去獵物，茫然四顧，兩岸花開花落，彷彿無事。

孫過庭《書譜》裡說的「鴻飛、獸駭」「鸞舞、蛇驚」都是在講筆法，——飛起的大雁，受驚嚇的獸，飛舞的鸞鶴，驚動竄起的長蛇——漢字書法，或許隱藏著通向自然生命的密碼，可以耐心解讀。孫過庭書寫《書譜》時，也看著夜鷺飛翔，鶺鴒跳躍，也都看到了受驚嚇竄飛而起的長蛇，看到茫然四顧不知所之的胖大烏鴉吧。

「導之則泉注，頓之則山安」，孫過庭《書譜》裡說的是——汩汩不斷湧出的泉水，是安穩寧靜的一座山——手中的一枝筆，可以如此流動引導，也可以如此沒有非分之想地回來安頓自己。

「後進奉以規模，知音或存觀省」

書譜

唐代書法理論家與書法家孫過庭（六四八～七〇三年）草書作品。手卷、紙本。全長九〇〇．八釐米，縱廿六．五釐米。現存三五一行，全文約三千七百餘字。作於唐睿宗垂拱三年（六八七年），原為兩卷，傳至明代時被嚴嵩裝訂為一卷，後收入清內府，並作為書法理論著作收入《四庫全書》，原本現藏台北國立故宮博物院。

《書譜》同時是唐代今草的代表作品，或妍潤，或粗放，盡展草書變化之美；也是中國首篇最有系統的書法理論論著。不過在唐代卻未受重視，歷數代以來，尊崇愈隆，咸稱書、論雙絕。

孫過庭原擬編撰一部有助於初學者的著作，惜有生之年未能完成，只遺下此篇緒論，內容分四部份：一是討論書法的「博涉」與「精工」，強調兼通各種書體的重要性；二是闡述編錄《書譜》原則；三是舉出臨學的範本，並提點學者的臨習需重內心而非外形；四論書法學習的進程、態度及境界。

智永

如果蘭亭是漢字歷史中忘不掉的故事，一千六、七百年間，穿鑿附會，真與假錯雜，交織成「故事」裡難分難解的部份。

暮春三月去了紹興山陰，這個時節來，當然是為了王羲之的《蘭亭序》。

有人認為《蘭亭集序》是後人偽托的作品，文章是假的，書法也是假的。這一派議論中最著名的是郭沫若。他從新出土的《王興之墓誌》、《謝鯤墓誌》比對東晉書法，證明當時還沒有《蘭亭序》的字體。他也從文學上比對，認為《蘭亭序》是依據東晉《臨河序》增添而成的後代偽作。

有學者把偽托的箭頭指向隋唐之際的智永。智永禪師本姓王，是王羲之的七世孫，他勤練二王書法，推廣二王書法。

王羲之寫過《千字文》，但流傳不廣。梁武帝命周興嗣整理，把原來習字的範本，編成四字一句的韻文，可以琅琅上口，方便學習傳誦。

「天地玄黃，宇宙洪荒。日月盈昃，辰宿列張。」周興嗣編著的《千字文》把

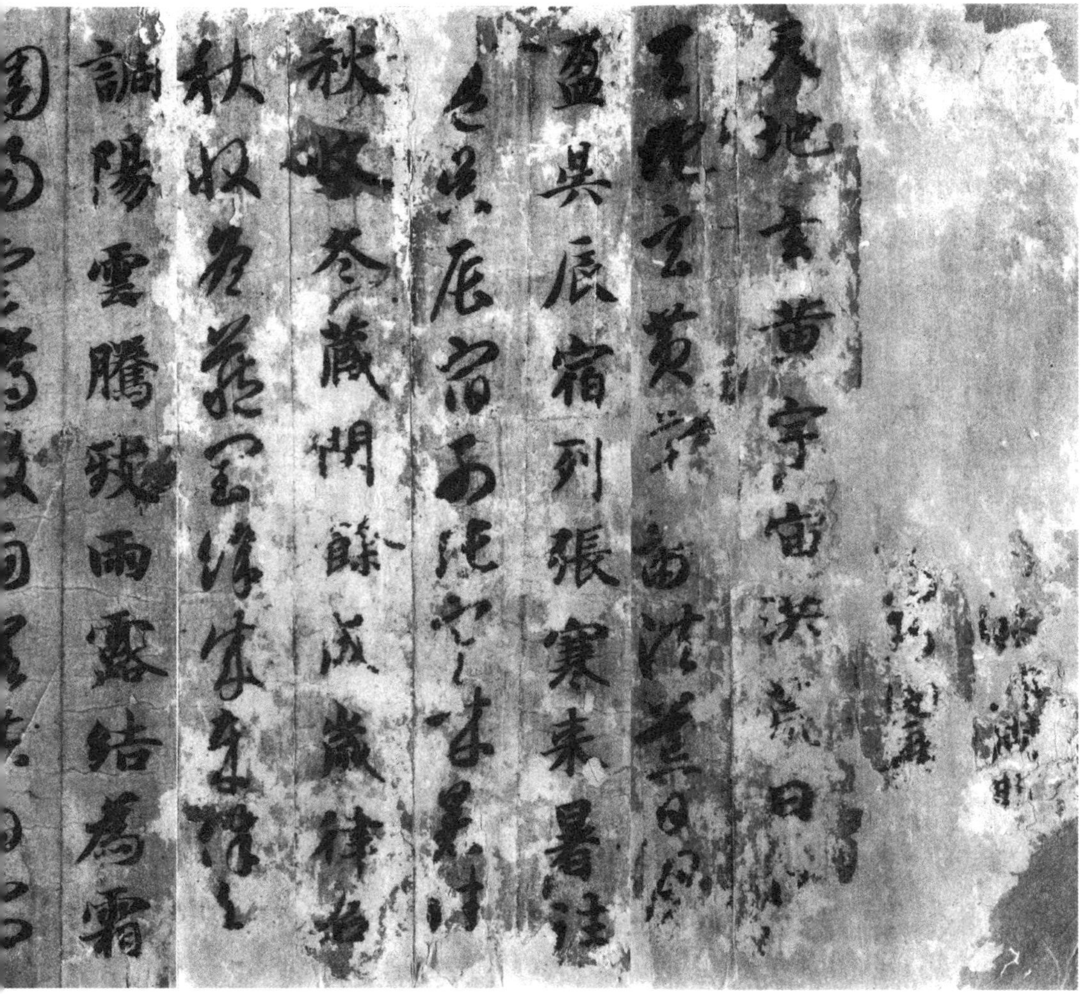

「存王氏典型，為百家法祖」

智永

本姓王，名法極，法名智永，隋朝書法家，會稽人，為王羲之第七世孫，王徽之之後。善書法，尤工草書。山陰永欣寺僧，人稱「永禪師」。嘗閉門學書三十年，因有「退筆塚」、「鐵門限」等軼聞佳話。智永初從蕭子雲學書法，後以先祖王羲之為宗，兼能諸體，於草最優。隋煬帝便曾說智永「得右軍（羲之）肉」；隋唐間工書者鮮不臨學。

智永書法流傳甚廣，宋御府即曾收藏智永草書十三件，真草十件。其《真草千字文》更流傳至今，影響甚至及於日、韓。《真草千字文》以楷書對釋草書，便於學書者釋讀，又能讓人同時欣賞兩種體裁的書法。智永的草書《千字文》，完全得筆意於乃祖王羲之，並承草字法規；但此帖每格一字，每字獨立，卻循規蹈矩，內斂形神，而無乃祖字字相連呼應之勢，又於每個字中有一兩筆特別加重筆力。在《真草千字文》中的真書（楷書）是行楷，比正楷輕快，每字中也有一二重筆，因而字態更生動勁雅。唐宋以後的書法大家也大多喜歡師承永禪師的楷字。

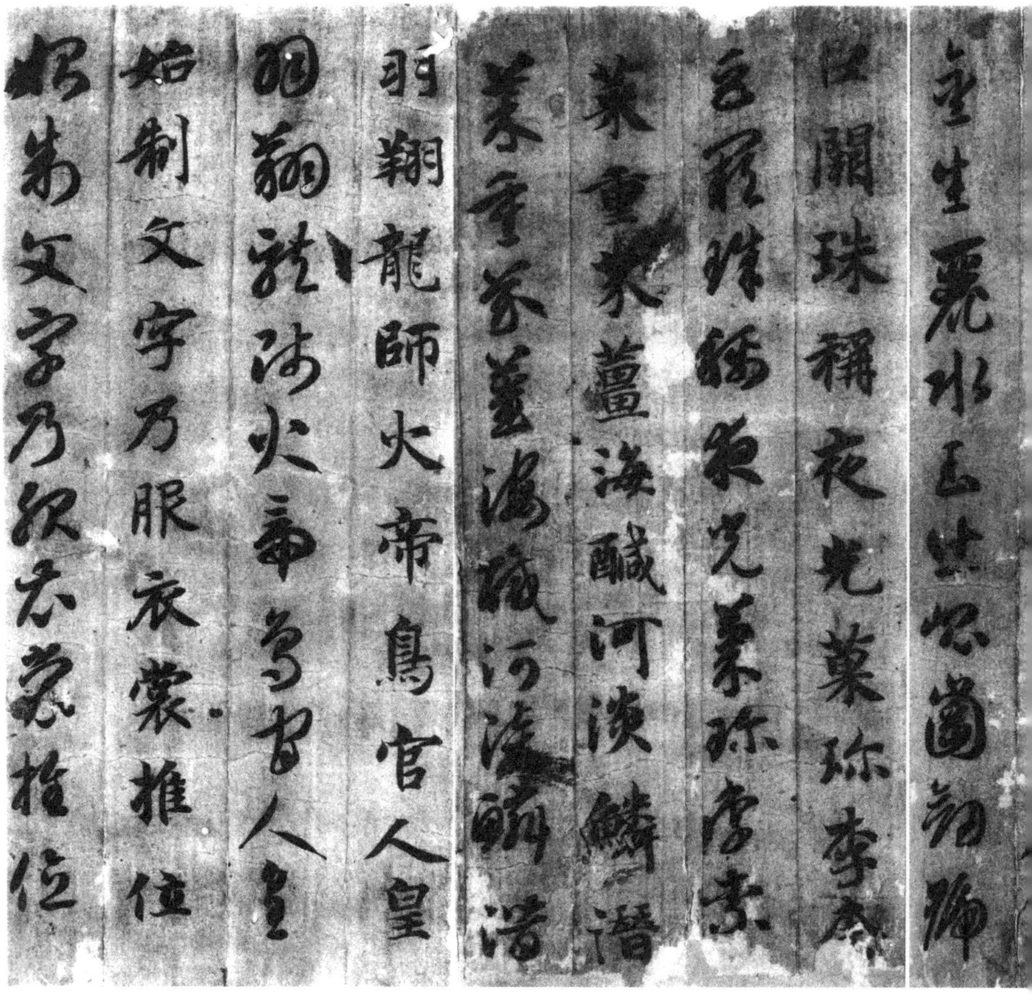

《智永真草千字文》冊

單帖，宋拓，白麻紙挖鑲剪方裱，共廿七開。

每半開尺寸縱長廿三．八釐米，橫十一．五釐米。

北京故宮博物院藏。

南朝梁周興嗣撰文，陳、隋年間僧智永書。北宋大觀三年（一一〇九年）薛嗣昌摹刻於陝西西安，俗稱「關中本」。凡八石，每石廿七行。正、草書各一行間書，每行十二字。原石存西安碑林博物館。

智永《真草千字文》真跡在唐代已極罕見。今傳較可靠版本有三，書體風格也較一致：一是唐代流傳日本的墨跡本；二是北宋薛嗣昌刻本；三是南宋《群玉堂帖》四十行殘本。蘇軾《東坡題跋》云：「永禪師書，骨氣深穩，體兼眾妙。精能之至，反造疏淡。」

宇宙、天地、日月、山川，一直到四時、寒暑、雲雨變化，一一整理出秩序。「寒來暑往，秋收冬藏」、「雲騰致雨，露結為霜」，《千字文》成功地結合了詩與哲學的內涵，是一千五百年來漢字文化圈所有兒童藉以啟蒙的基礎教科書。「資父事君，曰嚴與敬」、「上和下睦，夫唱婦隨」，《千字文》藉著童蒙初啟，建立了不可動搖的宇宙倫理的秩序信仰。

經歷梁、陳、隋、唐，一直到唐太宗年代，高齡逾百的智永，像一則傳奇，成為何延之「蕭翼賺蘭亭」故事裡那個私藏著《蘭亭序》稀世珍寶，在唐太宗面前裝愚賣傻，矇騙過大唐天子的神祕高僧。

《蘭亭序》的祕密關鍵是否真的在智永身上？

智永把當時童蒙教育廣泛流傳的《千字文》書寫成真、草兩種對照字體，謄寫了將近一千本，分送江南各寺廟，使王羲之書法影響力擴大到兒童基礎教育。經過這一次教科書的革命，後世認識的「王羲之」也自然而然是「智永體」的王羲之，與東晉王羲之的書帖文字頗有一段距離了。

閱讀《萬歲通天帖》裡王羲之的《姨母帖》，用筆還頗有漢隸遺風。《蘭亭

「領袖墨池，冠絕宇內」

王羲之行書《千字文》

傳為王羲之臨鍾繇「古千字文」，北宋徽宗宣和內府舊裝。此帖流傳有緒，並屢見於著錄，多數書家以之為真跡。卷上鑒藏印，始自北宋，歷南宋、元、明、清諸朝直至現代，竟多達一百五六十方。

《千字文》是中國最早字書，宋代以前傳本以後世流行的梁周興嗣（四七〇～五二一年）撰本為主，另蕭子範撰本已佚。然而相較於周撰本，內容固不相同，帖文開首「二儀日月，雲露嚴霜。夫貞婦絜，君聖臣良。尊卑□別。禮義矜莊。存而相欣，離慼悲傷……」等八句，尚可成韻，其後則辭語雜湊無序，更不能克讀。或為唐宋間高手摹集王字偽造，但仍極具文物與書法教學價值。

序》的線條書法行氣，卻使許多人不由得聯想起智永的《千字文》。

現藏日本真草《千字文》墨跡本，現藏西安碑林的北宋《千字文》石刻本都很完整，拿來與《蘭亭序》比對，早已有人注意到相似之處。《千字文》與《蘭亭序》都工整華麗嫵媚，而王羲之《姨母帖》一類的手札卻顯然更率性瀟脫自然。智永繼承二王美學，滲入自己的創作，有當時隋碑的謹慎收斂，使人想起同一時間的《董美人墓誌》和《蘇慈墓誌》，而《蘭亭序》的美學氣息也近似隋碑，而與東晉人的爛漫自在並不相同。

智永有可能在《臨河序》的基礎上添油加醬偽造了《蘭亭序》嗎？

這個一生勤練王羲之技法的高僧，又是王家嫡系（王徽之）子孫，書法好，文學也好，何延之的「蘭亭」故事裡總讓人覺得這名高僧智謀廣遠，深藏不露。他會不會在圓寂之後留了一招，透過他的弟子辯才，騙過了蕭翼、騙過了唐太宗，或許，連辯才和尚也蒙在鼓裡，以為被「賺」走的是真本《蘭亭》。

何延之的「蕭翼賺蘭亭」故事其實是可以重新解讀的小說，「賺」這個字有趣；「賺」到《蘭亭》的未必是蕭翼，也不是唐太宗，或許正是早已不在人世的智永老和尚。

多次暮春時節到蘭亭，紹興城改變很大，水渠不見了，石橋也不見了，幽深的巷弄也不見了。蘭亭的茂林修竹，曲水流觴已很人工，康熙和乾隆書寫《蘭亭》的「御碑」打壞過，重新拼接修整，供遊客拍照。

如果蘭亭是漢字歷史中忘不掉的故事，一千六、七百年間，穿鑿附會，真與假錯雜，交織成「故事」裡難分難解的部分。

走在蘭亭的路上，微風吹來，還是可以「仰觀宇宙之大」，這一個春天，也如永和九年那個春天，一樣花開爛漫。

跋

手帖

散步時，常常看到地上落花。黃紫的色彩對比，花瓣迷離的筋脈，都如常鮮艷，但已經凋落了；它的美，不容有長久記憶。有時候看王羲之的手帖，會無端想起初到南方的他，看到的是什麼樣的花？

四月底，覺得花季都過了，其實不然。走在河岸邊，黃槿的花開得正盛。

朋友中認識黃槿的不多。小時候家住在河邊，在未經整理的河灘爛泥地常有密聚的黃槿。樹幹不挺拔，枝莖扭曲錯亂，結成木瘻疙瘩，像古人批評的朽木。很難拿來做家具棟樑，卻使人想起莊子說的「無用」之材，因為「無用」才逃過人們的砍伐吧。

黃槿卻不是完全無用，黃槿巴掌大、橢圓、近似心形的葉子，台灣民間常採來襯墊糯米粿。紅的龜粿，襯著黃槿的綠葉是童年鮮明的記憶。

小時候在河灘玩耍，在密密的黃槿樹叢裡鑽來鑽去，常常會看到一隻死貓的屍體，懸掛在不高的黃槿樹枝上，腐爛了，嗡聚著一群蒼蠅，發著惡臭。

黃槿，姿態低矮虬曲，有點卑微猥瑣，生長在骯髒的爛泥灘，懸掛著動物腐臭屍體，這樣的樹木，好像很少人注意到它也開著美麗的花。

然而，黃槿的花的確是美麗的。

黃槿花式嬌嫩黃色，小茶杯那麼大小，五瓣裂萼。花蒂處圈成筒狀，上端順時鐘向外翻轉。形狀優美，像一盞清初官窯的鵝黃細瓷茶鍾。特別是映照著陽光，花瓣透明成黃金色，花瓣一絲一絲的筋脈細紋，整齊潔淨，清晰可見，使人想起女子藏在腰間的細絲絹帕。

黃槿花最美的地方是蕊心深處一抹深艷的紫色。包圍在一片嫩黃色間，那濃艷的紫使人觸目心驚。一支強壯的雄蕊從墨紫深處直伸出來，顫顫巍巍，全心綻放，透露生命在春天肆無所忌憚的繁殖欲望。

黃槿是頑強的植物，耐風，耐乾旱，耐鹹鹼，因此常常蔓生在海河交界的岸邊，在潮汐來去迅速的爛泥河灘。

很少人認識黃槿，或許是因為這花凋落特別快，還開得盛艷，卻一朵一朵掉落一地。

散步時，常常是因為看到地上落花，才發現有一株黃槿樹。

花掉落地上，也還完整。我撿起來把玩，黃紫的色彩對比，花瓣迷離的筋脈，都如常鮮艷，但已經凋落了。

人們能夠認識的花有時是可以瓶插賞玩供養的花，黃槿來去迅速，它的美，頃刻凋零，不容有長久記憶。

有時候看王羲之的手帖，會無端想起初到南方的他，看到的是什麼樣的花？

王羲之如果確切生在公元三〇四年，那麼，在三一一年永嘉之亂的時候他應該是七歲或八歲的孩子。

跟隨在父母親人後面，一大家子，匆匆忙忙，在戰亂中從北方向南方逃難。

七歲八歲的孩子，兵荒馬亂的路途中，看到了什麼？

沿途倒下去餓死、累死、被殺死或病死的人，隨意挖了坑掩埋；或者，只是抓一些枯草稍稍遮掩，不多久就被餓慌了的野犬啃食拖走。

永嘉之亂，西晉政權瓦解，南下的游牧民族四處屠殺，動則數萬人。

貴族士紳家庭向南逃亡，留在北方的祖先墳墓被毀壞，刨挖棺槨，盜劫財物珍寶，屍體隨意丟棄。

王羲之的家族是北方豪族，他的伯父王導在戰亂中輔佐晉元帝在南京建立政權，結合南方士族，穩定了局勢。

他們在北方的祖墳正是敵人一再毀壞荼毒的對象。

王羲之的《喪亂帖》裡說的是——「先墓再離荼毒」，祖墳再一次被破壞蹂躪，「追惟酷甚，號慕摧絕，痛貫心肝，痛當奈何，奈何——」

那是殘酷到無法想像的年代，那是嚎啕大哭的年代，那是人性被摧毀絕望無告的年代，痛到心被貫穿，痛到肝被貫穿，痛，卻無可奈何——

王羲之的手帖裡重複用得最多的字是「奈何」「奈何」——

戰爭、死亡、親人的流離失所，生命的被踐踏荼毒，大概可以想像七八歲以後，王羲之看到的、聽到的、談論的，都是死亡，災難，哀禍。

他給朋友寫信說——「頻有哀禍，悲摧切割，不能自勝——」

「手帖」像南方歲月裡一則一則哀傷的故事，那麼哀傷，因此他常常只是淡淡地寫信問朋友——「卿佳不？」

你還好嗎？

讀著南朝的手帖，我還是在想：

王羲之初到南方，看到的是什麼樣的花？

附錄

東坡〈臨江仙〉

夜飲

——酒入肺腑，常使人眉眼鼻端一股酸熱，沒有悲哀辛苦，卻滿眼都是涕淚。

許多人問起莊嚴老師寫的東坡〈臨江仙〉。這件書法多年來懸掛在我的案前，紙已泛黃。

莊老師是愛喝酒的，印象裡面，每到他家上課都喝酒。

當時常去上課的地方有王壯為老師家，臺靜農老師家，俞大綱老師家，只有俞老師不飲酒，後來知道是因為他心臟不好。

王壯為老師的課在晚上，吃完晚飯後，喝點小酒好像理所當然。

王老師有外國學生，一次從希臘寄來一包乾果，外面是硬殼，白色微黃，有一點開口，裡面果瓤土褐帶綠色，入口極香，乾、脆，適合配酒。

王老師說希臘文這果子叫Pistachio，我後來去了歐洲，知道就是「開心果」，南歐特別多，也有用鹽蒜烘焙，更適合下酒。

王壯為老師家裡有收藏，也常有畫商揹客帶書畫來請他鑑定。

有一次看的是唐寅的仕女圖，畫卷打開，王老師手不離酒杯，一面跟我們東聊西聊，談起唐寅考試，考取了「解元」，考得不錯，自己也得意，結果次年赴京會試，卻因為剛好碰到科場舞弊，錄取的舉子都撤銷資格，終身不得有功名，斷送了唐寅一生的名利前程。

以後常常在唐寅的畫上看到他的一方印「南京解元」，就想起這一段故事，一個落拓不羈的風流才子，好像一生能夠回憶的最高學歷就是那一場如夢似幻的「南京解元」。

王老師最後指著懸在牆壁上的仕女圖說了評語，畫商豎起大拇指說：「高明！高明！」

王老師也不搭理，繼續喝他的酒，跟我們說「開心果」配剛烈高粱的好處。

我很懷念那些夜晚喝酒上課的時光，喝了酒，一定磨墨寫字。我在一端拉著紙，看老師用筆，配合他寫字速度，把紙一吋一吋拉起，不能太急，也不能太慢。寫完，端詳一遍，準備用印。老師覺得我單名，不好落上款，要我取個號。我隨口說：「引冬」，老師問為什麼是「引冬」，我說：「生在冬至。」老師點頭，就落了款。

「引冬」這號後來也沒有再用，覺得古人字號太多，光一個徐渭，又是文長，又是青藤，又是天池，又是田水月，記起來夠麻煩。決定還是單純做自己的好，行不改名，坐不改姓，免了字號的煩難。

莊嚴老師的課在下午，午餐過後，已經開始喝酒。那時不流行葡萄酒，老師輩多喝高粱大麴，高亢剛烈，入口像一線火氣，直逼殺下咽喉。腸胃一熱，逆衝向鼻腔，眼耳都受震盪。酩酊酒酣，老師吟唱起東坡的〈臨江仙〉——「夜飲東坡醒復醉，歸來彷彿三更——」

酒入肺腑，常使人眉眼鼻端一股酸熱，沒有悲哀辛苦，卻滿眼都是涕淚。

莊老師不鼓勵替人鑑定字畫，他教我們「書畫品鑑」，第一節課就警告我們不要隨便替別人看字畫骨董，看出是假的，也不要隨便論斷。他說了一個小故

「此日披圖重太息，何時歸臥故鄉山」

莊嚴

莊嚴（一八九九～一九八〇），字尚嚴，號慕陵，又號迂翁，原籍江蘇，後徙居北平。民國十三年（一九二四）自北京大學畢業後，即進入「清室善後委員會」任事務員，負責點查清宮文物。民國廿二年（一九三三）負責文物南遷押運，並於廿四年（一九三五）隨同文物赴歐美展出。一九三七年「七七」事變爆發後，他守護大批文物，追

事：張大千仿偽手法極高明，有一次收藏家拿了一件石濤給大千鑑定，大千一眼看出是自己仿的，但是二話不說，讚道：「真跡！真跡！」還提筆加了題跋。

我不知道這故事真實與否，但是老師只是警告，說一件字畫是假的，會鬧出人命來。

「鬧人命的事，不能不小心！」老師說。莊老時那時正教我們「書畫品鑑」，一個老實的學生因此反駁：「那學『書畫品鑑』要幹嘛？」

老師咽下一口酒，很久很久才吁出一口氣說：「你心裡知道是真是假，可以不說嗎？」

莊嚴老師當時是故宮副院長，他對「正」院長常常有微詞。喝了酒就更不掩飾，「某某人一生日，故宮就全掛出祝壽圖。」故宮文物對某些人來說還是「私產」，派「管家」管「私產」，好像也天經地義，管家的心中只有「主人」，文物是不被當一回事的。

隨政府播遷，輾轉於鄂、湘、贛、黔、川等省，於戰火中間關萬里，險象環生，竟歷時十載。大陸易色後，又隨院東渡來台。在台北故宮博物院服務至一九六九年，歷四十五年，以故宮博物院副院長退休。一九八〇年因直腸癌病逝台北，享年八十二歲。

莊嚴先生著作等身，同時也是著名書法家、教育家、博物館學家，書法二王，善寫瘦金書，推重趙松雪，喜漢隸、魏晉石刻。其學術著作及回憶文章悉數收於《山堂清話》中。他自述平生有兩大憾事：一是不能親睹「三希」再次聚首，二是不能親睹遷台文物重返故里。

東坡

——有時候覺得，牢獄出來，死去了一個蘇軾，活過來一個東坡。

莊嚴老師喝了酒也寫字，他寫瘦金體，執筆很緊，筆筆出鋒，筆鋒尾端卻不像宋徽宗那麼剛硬銳利，少了帝王的富貴華麗，多了一分文人的飄逸瀟灑。

莊老師寫東坡〈臨江仙〉做我畢業論文通過的禮物，那是一九七二年的六月，十月我就去了法國，臨行去莊老師家辭行，老師提起收藏在巴黎國家圖書館歐陽詢《化度寺碑》的宋拓本，囑咐我要去看一看。

莊老師北大畢業就進了故宮，他一生就帶著這些文物東奔西走。中日戰爭期間，文物分從陸路水陸避難到貴州。八年戰爭結束，千里迢迢，文物裝箱運回南京。正準備成立中央博物院，國共內戰又起，文物再度裝箱運送台灣。這一批歷經劫難的文物，最初在台中霧峰落腳，到一九六〇年代才在台北外雙溪選址修建故宮博物院，逃過戰亂的文物也似乎才暫時有了喘息安定的歲月。

莊老師常常自嘲是「白頭宮女」，從青春正盛到滿頭白髮，他的一生也就護守著故宮這些文物。

有一次他跟我敘述文物遷徙中途，常有飛機掠過，低飛丟炸彈，他便心中默禱，祈求炸彈不要傷及文物，他說：「緊張啊，一個炸彈可能就毀了一箱宋瓷，也可能毀了一箱宋畫——」

我逐漸瞭解到，這一輩文人的文化信仰，他們不是為任何私人「護守」文物，而是相信每一件文物都有人類文明傳承的意義。

莊老師的宿舍就在外雙溪故宮左側，是年輕時常常喜歡去的地方，覺得坐下來，看老師喝酒，無論談天說地，閒聊，都有趣味，也都有長進。

我們都喜歡東坡，「東坡」這個名字是蘇軾下放黃州之後才有的。一個監牢裡放出來的犯官，初到黃州，寄居寺院。後來朋友馬正卿託人關說，把城東一片廢營壘的荒蕪坡地撥給蘇軾，可以蓋房子居住，可以種植一點瓜果菜蔬，飼養一些雞鴨，以此維生，因此有了「東坡」這個名字。

有時候覺得，牢獄出來，死去了一個蘇軾，活過來一個東坡。

死去的那一個蘇軾是自負的、精明的、計較的、鑽牛角尖的，熱心在政治上有表現的；而活過來的東坡是可以寬闊的、自在的，走在歷史之外，走在山水之中，走在大江岸邊，看大江東去，知道生命裡還有比政治更重要的事，知道歷史也只是已經翻過去的一頁。個人的生命，遲早都會是被翻過去的那一頁，因此可以少很多計較。

鼻息雷鳴

——黃州的東坡，如臨江之仙，隨遇而安，給了人世間一種寬容與豁達的領悟。

〈臨江仙〉裡我喜歡的句子是「家童鼻息已雷鳴，敲門都不應，倚杖聽江聲」。「鼻息」也就是熟睡以後打鼾的聲音，家童打鼾，聲大如雷鳴，這種描寫，這種詞彙，一般詩人不常用，卻是東坡詩的詼諧可愛之處，充滿貼近生活世俗的活潑。鄙俗有時候是好的，比狹窄的高雅好，尤其是落難時的鄙俗，在蒼涼中有落實生活的喜氣，不會流於窮酸自怨自憐的浮薄。

夜晚在東坡喝酒，東坡是一個地方，東坡也就是自己。

一生流離遷徙，原來總是在思念故鄉的蘇軾，到了黃州，安頓在城東坡地，也才領悟「此心安處即故鄉」。東坡，是偶然相遇的他鄉，卻也就是宿命裡的故

「長恨此身非我有，何時忘卻營營」

東坡〈臨江仙〉

夜歸臨皋

夜飲東坡醒復醉，
歸來彷彿三更。
家童鼻息已雷鳴，
敲門都不應，倚杖聽江聲。
長恨此身非我有，
何時忘卻營營。
夜闌風靜穀紋平。
小舟從此逝，江海寄餘生。

鄉了。

下放黃州，在東坡這偏僻荒蕪之處窮愁潦倒，他人覺得蘇軾落難了，卻不知道他文學的生命才剛剛開始。

「敲門都不應」如此白話，沒有典故，沒有困難的字，平凡如日常口語，也因此那麼像禪宗隱喻，處處有機鋒。

敲了門，沒有回應。

走投無門，回不了家，可能沮喪，可能憤怒，可能徬徨，可能自怨自哀。

「敲門都不應，倚杖聽江聲。」敲門，沒有回應，也可以因此有機緣倚靠著手杖，聽大江東去的浩蕩之聲。

黃州的東坡，寫〈念奴嬌〉的東坡，寫《赤壁賦》的東坡，寫《寒食帖》的東坡，如臨江之仙，隨遇而安，給了人世間一種寬容與豁達的領悟。

又

尊酒何人懷李白，
草堂遙指江東。
珠簾十里捲香風。
花開又花謝，離恨幾千重。

輕舸渡江連夜到，
一時驚笑衰容。
語音猶自帶吳儂。
夜闌對酒處，依舊夢魂中。

蘇軾（一〇三七～一一〇一年），字子瞻，一字和仲，號東坡居士，眉州眉山（今四川眉山市）人，北宋大文豪。詩、詞、賦、散文，成就均極高，且善書畫。其文與歐陽修並稱歐蘇；詩與黃庭堅並稱蘇黃，又與陸遊並稱蘇陸；詞與辛棄疾並稱蘇辛；書法名列「蘇、黃、米、蔡」北宋四大書法家「宋四家」之一；其畫則開創了湖州畫派。

此身

——文人手中這一支筆也就是「此身」，在通過一切艱難、困頓、折辱、劇痛、磨難之後，留下如血如淚的墨跡。

「長恨此身非我有，何時忘卻營營。」

東坡的自我質問，也許應該是每一個人的自我質問。

這個身體好像是自己的，卻又不是自己的。

一天二十四小時，有多少時間屬於自己？

「此身」有可能真正屬於自己所有嗎？

這個身體，有時候為父母活著，有時候為丈夫妻子活著，有時候為兒女活著；這個身體，有時候甚至是為公司主管活著，為股票、為房地產、為銀行的存款活著，為不知道為什麼總是丟不掉的許許多多牽掛糾纏活著。

什麼時候可以忘掉這些營營的忙碌，可以回來做一個單純的自己？

老師們喝酒有一種悠閒，常把年齡相差三四十歲的「小朋友」當作忘年之交。

與臺靜農老師喝酒是最愜意的事，臺老師青年時遭遇的政治上的恐懼在他的字裡都看得出，他在喝酒時就放鬆了，回復本來的坦蕩自在，大氣、寬闊，也不失幽默。

臺老師八十歲以後腦疾開刀，病癒之後，很擔心寫字受影響，一連臨寫了好幾次東坡的《寒食帖》。

《寒食帖》像文人給自己的一次又一次考試，看手中的筆還能不能聽自己使喚。這一枝筆也就是「此身」，在通過一切艱難、困頓、折辱、劇痛、磨難之後，還要在「營營」的吵雜喧譁裡堅持回來做自己，留下如血如淚的墨跡。

喝酒的忘年之交裡最讓我心痛難忘的是汪曾祺。

曾祺先生小個子，圓圓的娃娃臉，有江南人的秀雅斯文。但我總覺得他不快樂，連喝酒也不快樂。

九〇年在愛荷華的國際寫作計畫，大陸作家同年有寫《芙蓉鎮》的古華，也有汪曾祺。《芙蓉鎮》當時謝晉拍了電影，很紅，但我來往多的是汪曾祺。

我跟汪是門對門，他寫字畫畫，我也寫字畫畫；他愛烹調，我也愛烹調，所以常常都不關門，隔著一道公眾的走廊，串門子，硬是把西式公寓住成了中式的

「處世淡泊，顧盼有情」

汪曾祺

汪曾祺（一九二〇～一九九七年），江蘇高郵人，中國當代小說家、散文家、戲劇家，京派作家的代表人物。早年畢業於西南聯大，中國文學系，師從沈從文等名家，一九四〇年開始發表小說、詩和散文。歷任中學教師、北京市文聯幹部、《北京文藝》編輯、北京京劇院編輯。在短篇小說創作上頗有成就。著有小說集《邂逅集》、《受戒》、《晚飯花集》等，散文集《蒲橋集》、《孤蒲深處》等，兒童小說集《羊舍的夜晚》，京劇劇本《范進中舉》、《沙家濱》（合著），文學評論集《晚翠文談》……等多部，泰半收錄在《汪曾祺全集》中。被譽為「抒情的人道主義者，中國最後一個純粹的文人，中國最後一個士大夫」。

大雜院。

汪先生一大早就喝酒，娃娃臉通紅，瞇著細小的眼睛，哼兩句戲，顛顛倒倒。

他跟我說文革時，江青找他寫樣板戲，三不五時要進中南海報告，他就給自己取了一個官名「中南海行走」。

汪先生一醉了就眼泛淚光，不是哭，像是厭恨自己的孩子氣的嗔怒。

做政治人物的「行走」大概有許多委屈吧。

喝醉了，他把自己關在密閉房間裡抽菸，一根一根接著抽，煙多到火災警報器尖銳大叫，來了消防車，汪先生無辜如孩子，一再發誓：我沒開火啊——

我俯在他耳邊悄悄說：等他們走了，我們把警報器拆了——

我們真的拆了警報器，他因此很享受了一段狂酒狂菸熱油爆炒麻辣的日子。

最後一次見汪先生是在北京，朋友告訴我他喝酒喝到吐血，吐了血還是要喝。

我決定不帶酒去看他，他看我空手，跑進書房，拿了一瓶老包裝的茅台，他說：這是沈從文老師送我的酒，四十年了，捨不得喝，今天，喝了——

不多久曾祺先生肝疾過世，我拿出他送我的極空靈的「墨蝶」圖斗方，自斟自飲喝了一回，祝禱他在另一個世界可以沒有為政治「行走」的痛苦，也沒有警報器「監視」的干擾。

文學叢書 271

手帖 南朝歲月

作　者　蔣　勳
總 編 輯　初安民
視覺設計　王行恭
責任編輯　丁名慶
美術編輯　張珮琳　黃昶憲　林麗華
校　對　蔣　勳　吳美滿　丁名慶

發 行 人　張書銘
出　版　INK 印刻文學生活雜誌出版股份有限公司
新北市中和區建一路 249 號 8 樓
電話：02-22281626
傳眞：02-22281598
e-mail : ink.book@msa.hinet.net
網　址　舒讀網 http ://www.sudu.cc

法律顧問　巨鼎博達法律事務所
施竣中律師
總 代 理　成陽出版股份有限公司
電話：03-3589000（代表號）
傳眞：03-3556521
郵政劃撥　19785090 印刻文學生活雜誌出版股份有限公司
印　刷　海王印刷事業股份有限公司

港澳總經銷　泛華發行代理有限公司
地　址　香港新界將軍澳工業邨駿昌街 7 號 2 樓
電　話　852-27982220
傳　眞　852-27965471
網　址　www.gccd.com.hk

出版日期　2010年10月　初版
2020年 2 月25日　初版十八刷
ISBN　978-986-6377-94-5（平裝）
978-986-6377-96-9（精裝）

定　價　平裝 320元
精裝 390元

國家圖書館出版品預行編目資料

手帖 南朝歲月／蔣勳著；
－－初版，－－新北市中和區： INK印刻文學，
2010.10 面 ； 公分（文學叢書；271）
ISBN 978-986-6377-94-5 （平裝）
ISBN 978-986-6377-96-9 （精裝）
855　99017856